セドナの幻日

ジェームズ・ロリンズ

桑田 健［訳］

Unrestricted Access

James Rollins

竹書房文庫

目次

セドナの幻日

シグマフォース未公開ファイル

アマゾンの悪魔

ジェームズ・ロリンズ&スティーヴ・ベリー

正直者が馬鹿を見る

私は『ニューヨーク・タイムズ』紙のベストセラーリストの常連作家スティーヴ・ベリーに、彼にとって最初の推薦文を寄せた一人だ。ある時、彼はかしこまった様子で私のもとを訪れ、私の第一作『地底世界 サブテラニアン』が大好きだと激賞したうえで、よかったら自分のデビュー作を読んで推薦文を書いてもらえないだろうかと依頼してきた。私自身も、小説家としてのスタートを切った時には彼と同じ立場に身を置き、作家というのはとても心の広い人たちなのだと気づかされた経験がある。クライブ・カッスラー、ダグラス・プレストンをはじめ、多くの人たちが私の初期の作品に好意的な批評を寄せてくれたので、私ももちろん、ベリー氏の第一作『琥珀蒐集(こはくしゅうしゅう)クラブ』を読み、内容を称賛する言葉を書き送った。

その時の私は知らなかったのだが、スティーヴはすでにほかの作家にも批評を依頼していた。当時はまだほとんどの人が名前を知らなかったその作家――ダン・ブラウンは、『ダ・ヴィンチ・コード』という作品の発表を控えていた。そこから先の流れは皆さんも予想がついていることと思う。『琥珀蒐集クラブ』が刊行されると、ダン・ブラウンの文はスティーヴの本の表紙にでかでかと掲載された。私の推薦の言葉は小さな活字で裏表紙に追いやられ、「私も気に入った！」程度の内容になってしまっていた。

それ以来、私たちはずっと大の親友である。

スティーヴと私は相手の小説のキャラクターを自分の作品に登場させたりもしている。それがあまりに度が過ぎたためか、一時期は一人の作家が別のペンネームを使って作品を書き分けているのではないかと考える人もいたくらいだ。この都市伝説を打ち消すために、私たちは二人一緒に本のプロモーションツアーを行なう羽目になった。それ以降は、サイン会が開かれるたびに、今度はこんな質問を浴びるようになった。「あなたたち二人はいつになったら一緒に本を書いてくれるのですか？」

そこで、この要求の声を（どうにか）静めるために、実際にそうすることにした。今回初めて、私たちは共作の執筆に取りかかり、スティーヴの作品の主人公のコットン・マローンと、シグマフォースのチームリーダーのグレイ・ピアース隊長にコンビを組ませた。

その作品が『アマゾンの悪魔』となった。

そしてもちろん、この共作を経てもなお、私たちは親友同士だ。

主な登場人物

グレイソン（グレイ）・ピアース……………米国国防総省の秘密特殊部隊シグマの隊員
コットン・マローン……………………………米国司法省のマゼラン・ビレットの元工作員
エドワード・トラスク…………………………イギリスの民族植物学者

グレイ・ピアース隊長は豪華なリバーボートのスイートルームのバルコニーに立ち、周囲の景色に目を配っていた。

そろそろ仕事に取りかかる時間だ。

アマゾンの玄関口に当たるブラジルの栄えた港湾都市ベレンから川をさかのぼること二日——リバーボートの最終寄港地となった川沿いのにぎやかな村を出てから一時間。ボートの目的地のマナウスは熱帯雨林の奥深くにある街で、ターゲットはそこでバイヤーと接触することになっている。

グレイはそれを阻止しなければならなかった。

ディーゼル機関を積んだ長い船体のリバーボート「フォーセット」は暗い水路を滑るように進み、川面（かわも）には周囲のジャングルが映っている。通り過ぎる船に向かって木々の奥からホエザルが甲高い鳴き声を発した。木陰の枝の間にきらめく朱色や金色は、オウムやコンゴウインコが飛び交っているのだろう。ジャングルには夜の帳（とばり）が下りつつあり、すでにウオクイコウモリが川の上に大きく張り出した枝の下で狩りを始めていて、黒い木の根が絡まるあたりを狙って急降下している。そのせいで巣から追い出されたカエルが水に飛び込む小さな音は、しばらくはそこから離れているのが賢明だと判断したことを示している。

グレイはふとセイチャンのことを思い浮かべ、彼女は何をしているのだろうかと考えた。彼女とはリオデジャネイロで別れた。別れ際に見たセイチャンはカーキの半ズボンに黒いTシャツ姿で、その下にブラジャーは着けていなかった。グレイはそれに関して異存はなかった。彼女は身に着けているものが少なければ少ないほど、より魅力的に見える。グレイはセイチャンがブーツをはく様子を見つめていた。黒髪が揺れ、彼女の頬をなで、エメラルド色の瞳を隠す様子も。近頃のグレイは、ふと気づくとセイチャンのことを考えている時間が多くなっていた。

それはいいことでもあり、よくないことでもあった。

船内にベルの音が鳴り響いた。

夕食の合図だ。

グレイは腕時計を確認した。食事は十分もしないうちに始まり、たいていは一時間ほど続く。これから相手の船室に忍び込み、ターゲットが食事を終えるまでには部屋を後にしていなければならない。グレイは手すりに縛ったロープの結び目を確かめてから、外に向かって放り投げた。ロープは真下のバルコニーにちょうど届くだけの長さに切ってある。

そのバルコニーはターゲットのスイートルームに通じている。

ターゲットの名前はエドワード・トラスク。オックスフォード大学の民族植物学者だ。

グレイには大量の資料ファイルが提供されていた。三十二歳の研究者は三年前、ブラジルのジャングルで行方不明になったが、五カ月前に再び姿を現した。ひどい日焼けを負い、やつれ切ったトラスクは、冒険、困窮、失われた部族、貴重な発見の物語とともに帰還したのだ。彼は瞬く間に注目の的になり、その精悍な顔は『タイム』誌や『ローリング・ストーン』誌の表紙を飾った。イギリス訛りと自分をひけらかさない態度はまさにテレビ向きで、『グッド・モーニング・アメリカ』から『ザ・デイリー・ショー』まで、全米の人気番組に軒並み出演した。自身の冒険の出版契約をニューヨークの出版社と七桁の金額で取り交わしている。けれども、トラスクの物語のある一つの側面が活字として出ることは決してないだろう。その詳細が伝わってきたのは、つい一週間前のことだ。

トラスクはペテン師だった。

それも危険な。

グレイはロープをしっかりと握り、手際よく降下した。真下のバルコニーまでたどり着き、中に入り込むと、ガラス扉の片側に体を移動させた。

カーテンの隙間から室内をのぞき、扉を試す。

鍵はかかっていない。

グレイは扉をそっと動かし、船室内に忍び込んだ。室内のレイアウトは真上のスイートルームと同じだ。だが、トラスクは片付けが苦手らしい。脱ぎ捨てた服が床のあちらこちらに積み上げてある。濡れたタオルが乱雑なままのベッドの上に散らばっていた。テーブルの上には食べかけの何かが置きっぱなしだ。それでも一つくらいはいいことがある。室内を捜索した痕跡（こんせき）は簡単に隠せそうなことだ。

まず、グレイは誰もが探すはずの場所を調べた。備え付けの金庫だ。ただし、部屋の外にいる見張りに怪しまれないよう、静かに作業を進めなければならない。トラスクのセキュリティ対策をかいくぐるために、バルコニーからという別の入室方法を発案する必要に迫られたのだ。

グレイは寝室のクローゼットの中に金庫を見つけ、電子デコーダーにつないだカードキーを金庫のスロットに挿し込んだ。すでに自分の部屋の金庫でテストし、機器の調節はすませてある。暗証番号はすぐに解読され、金庫のロックが開いた。しかし、中にあったのは財布、少量の現金、それにパスポートだけだった。

どれもグレイの探し物ではない。

グレイは金庫の扉を閉めると、物音を立てないようにゆっくりと室内を移動しながら、部屋の片隅や収納スペースを体系的に調べ始めた。小さなものを隠せそうな場所はないか、自分のスイートルームを探って当たりはつけてあった。

可能性のありそうな場所は多い。

バスルームではシンクの下の窪み、引き出しの下側、ジャグジーの下の点検用ハッチを調べた。

何もない。

念のため、見落としがないか狭いバスルーム内を見回した。大理石の洗面台の上には乾いた歯磨き粉、濡れたティッシュを丸めたごみ、様々なクリームやジェルがばらまかれ、まるでコラージュ作品のようだ。グレイはこの数日間の観察で、トラスクがメイドや執事を一日に一回しか部屋に入れず、その時でさえも常にしかめっ面を浮かべているスキンヘッドの大柄な見張りが付き添っていることを突き止めていた。

グレイはバスルームから出た。

次は寝室だ。

船室の扉の向こう側から「うっ」という大きな声が聞こえ、グレイははっとした。

すぐに動きを止める。

トラスクが戻ってきたのか？　こんなにも早く？

重い何かが扉をこすりながらずり落ちるような音、それに続いて外の通路にぶつかる音。

デッドボルトが解除され、ドアノブが回転した。

〈くそっ〉

何者かがこの部屋を訪れたらしい。

コットン・マローンは通路に倒れた見張りの脇にしゃがんだ。男の太い首に指先を当て、脈拍を確かめる。弱いが、止まってはいない。見張りの不意を突いて締め技を決めたが、想定していたよりも多くの時間がかかってしまった。大柄な男をどうにか片付けたものの、今度は通路からどかす必要がある。つい一時間前に最後の寄港地から船に乗り込んだばかりで、何もかも行き当たりばったりで進めなければならなかった。そのことは別に気にならない。いろいろ考え出すのはマローンの得意とするところだった。

トラスクの船室の扉を開け、左右の腋（わき）の下に手を入れて体を支えながら、ぐったりとした見張りを室内に引っ張り込む。見張りの上着の下にショルダーホルスターがあることに気づき、素早く相手の武器を奪い取る。今回の任務は準備時間が短かったせいで、事前に武器を確保する余裕がなかった。昨日はデンマークにある自身の書店用の珍しい初版本を求めて、ブエノスアイレスで開催された骨董（こっとう）品のオークションに参加していた。カシオペア・ヴィットも同行していて、楽しい旅になるはずだった。ブラジルでの一緒の時間。太陽とビーチ。ところが、マゼラン・ビレットでのかつての雇い主、ステファニー・ネルからの一本の電話で、そうした計画は変わってしまった。

五カ月前のこと、三年間も行方不明だったドクター・エドワード・トラスクがブラジルの熱帯雨林から帰還し、貴重な植物種の数々——根、花、葉、樹皮を、旅行資金の提供元だった製薬会社のために持ち帰った。本人の主張によると、その発見は大いなる可能性を秘めていて、癌、心臓病、もしくは勃起不全に効き目のある次世代の治療薬開発が期待されるらしい。また、それぞれの標本についての逸話もあり、現地のジャングルの奥深くに暮らすシャーマンや部族の人々から聞いたということだった。だが、それから数カ月の間に、標本は無価値だとの噂が製薬会社から漏れ伝わってきた。ほとんどは何ら新しいものではなかったという。製薬会社のある研究者が密かに語ったとされる次の言葉が、大々的なニュースになった戦利品を最も的確に表現していた。「あいつは見つけたものを手当たり次第にかき集めてきただけだ」面子と株価の両方を守るために、製薬会社は従業員たちに箝口令を敷き、この件が自然と忘れ去られることを期待した。

しかし、そうはならなかった。

むしろ、より問題のありそうな情報がアメリカ政府のもとに届いた。どうやらトラスクは貴重なものを何一つ持たずにジャングルから戻ってきたわけではなかったらしいのだ。大量のもみ殻の中に一粒の小麦の穀粒が埋もれていたかのように、たくさんの標本の間に植物学的な大当たりが隠されていた。まだ未分類の珍しいランの一種の花の中に、サリンの百倍の致死量を持つ神経毒が含まれていると判明したのだ。

これ以上の当たりはない。

トラスクは自分の発見の価値を見抜き、それを正しく評価できるだけの頭脳の持ち主だった。毒素の分析と精製は私的な研究所で実施し、そのための費用は自腹を切った。出版契約やテレビ出演料はそのための資金を十分にまかなえる額だった。荒唐無稽な物語の才能を持つ一方でモンスターでもあったトラスクは、先週自らの発見を密かに競売にかけ、その化学分析結果と潜在力、さらにはデモ用の動画をインターネットに上げた。動画に映っていた黄色くかすんだ部屋にはいくつものケージがあり、その中のチンパンジーはいずれも目と鼻から出血していて、苦しそうにあえぎながら、やがて息絶えていった。この宣伝ビデオは世界各地のテロ組織が注目したほか、アメリカの情報機関の目にも留まった。マローンがかつて所属していたマゼラン・ビレットは、販売の阻止およびサンプルの奪還という任務をホワイトハウスから命じられた。マローンのミスは先週ステファニー・ネルに対して、昔からの友人同士の何気ない会話の中で、自分とカシオペアがブラジルに向かう予定だと伝えてしまったことだった。

「販売はマナウスで行なわれる」昨日、ステファニーはマローンに電話で伝えた。

マローンはその場所を知っていた。

「トラスクはディズニー・チャンネルの撮影チームと一緒に豪華なリバーボートに乗って

いる。近隣の熱帯雨林を移動しながら、ジャングルでの彼の失われた年月を追うテレビ用の特別番組の準備を進めているところ。でも、彼がそっちにいる本当の目的は、精製したサンプルを販売することなの。彼からそれを取り返さなければならなくて、いちばん近くにいる人間があなたということ」

「俺は引退したんだ」

「見合うだけの手当ては払うから」

「そもそも何を探したらいいんだ?」マローンは訊ねた。

「小さな金属製のケース。その中にいくつかのバイアルに分けて保管されていて、ケースの大きさはトランプのカード一組くらい」

「俺一人でやれということなんだろうな」

「できることなら。これは最高機密だから。カシオペアには二、三日留守にするとでも伝えて」

　留守にすると聞かされたカシオペアは気に入らない様子だったが、ステファニーの条件を理解した。〈私が必要な時には電話して〉それが空港に向けて出発する時に交わした最後の会話だ。

　マローンは見張りを入口から船室内に引きずり込み、扉を閉めると、デッドボルトをかけた。

バイアルを見つけなければならない。

動きが静けさを破った。

身を翻したマローンは、薄暗い部屋の中で何者かが武器を構えていることに気づいた。トラスクではない。やつは食堂にいる。見張りを襲う前にそのことは確認した。

それなら、こいつは誰だ？

見張りから奪い取ったばかりの拳銃を手に持ったままだったので、脅威となる相手に銃口を向ける。

「やめた方がいいぞ」かすかにテキサス訛りのある不愛想な声が応じた。

マローンはその声に聞き覚えがあった。

「何だよ、グレイ・ピアースか」


グレイはしっかりと拳銃の狙いを定めつつも、その南部訛りに気づいた。「コットン・マローン。驚いたな。久し振りじゃないか」

薄暗い船室内で元工作員の姿を観察する。年齢は四十代半ば。体はまだ十分に鍛えているようだ。髪は明るい茶色で、白髪はそれほど多くない。グレイはマローンが第一線を退き、コペンハーゲンで稀覯本の店を営んでいることを知っていた。何年か前、その店に彼を訪れたこともあった。マローンが時折、かつてのボスのステファニー・ネルの依頼で副業をしているとの噂は聞いている。マローンは彼女が率いるマゼラン・ビレットの初代の工作員十二名のうちの一人だったが、早くに引退する道を選んでいた。グレイもその組織のことは知っていた。高度な専門家集団で、司法省の管轄下にあり、司法長官と大統領からの指示のみに従って行動する。

グレイは銃口を下に向けた。「何てこった。弁護士さんのお出ましとはな」

「こっちこそ、仕事先で科学の先生に会うとは思わなかったよ」

グレイはその言葉の意図を理解した。グレイが所属するシグマフォースは、DARPA（国防高等研究計画局）傘下の組織だ。元特殊部隊の兵士たちから成る極秘のグループで、隊員は科学分野の再訓練を受けたうえで、現場に赴いて活動する。シグマの専門は科学が中心で、少しばかり歴史を扱っている一方、マゼラン・ビレットが対応する世界的な脅威は歴史により深く関わっていて、科学に関してはそれほどでもない。

「当てて見せよう」グレイはマローンに向かって言った。「トラスクの神経毒について知っているな？」

「そいつを手に入れるためにやってきたのさ」

「どうやら俺たちは省庁間の連絡不足に巻き込まれたらしい。ヘッドコーチがクォーターバックを二人、フィールドに送り込んだというわけだ」

「珍しい話じゃない。俺はブエノスアイレスに帰るから、おまえが一人でこの問題に対処するっていうのはどうだ？」

グレイはその真意を読み取った。「そこに女がいるのか？」

「そういうことだ」

爆発がリバーボートを揺さぶった——船尾からの衝撃で船体が持ち上がり、二人の体が壁に叩きつけられる。グレイはマローンともつれ合ったまま、何かかたいものにぶつかったが、どうにか拳銃は手放さずにすんだ。爆発音が小さくなるのと入れ替わるように、船内のあちこちから響く悲鳴が大きくなる。

リバーボートが右舷側に傾いた。

「何者かがこの船を吹き飛ばそうとしたかのような音だったな」二人が体勢を立て直すと、マローンがつぶやいた。

「貴重な意見をどうも」

船はなおも右舷側に傾き続けているので、おそらく船体に穴が開いて浸水しているのだろう。バルコニーの向こうに目を向けると、黒煙が空に向かって昇っていた。

何かが燃えている。

船室の扉の向こう側から大きな足音が聞こえた。ショットガンの銃声とともにデッドボルトが吹き飛び、扉が勢いよく開く。グレイとマローンは煙でかすんだ入口に銃口を同時に向けた。二人の男が室内に飛び込んできた。民兵を思わせる身なりで、顔は黒いスカーフで覆われている。一人が携帯しているのはショットガン、もう一人はアサルトライフルだ。グレイは二連式のショットガンを手にした男を、マローンはもう一方の男を始末した。

「なるほど、こいつは面白くなってきた」マローンがつぶやく間に、グレイは素早く外の通路を調べ、この二人の男たちしかいないことを確認した。「どうやらトラスクの毒を探しているのは俺たちではないらしい。おまえは見つけたのか？」マローンが訊ねた。

グレイは首を横に振った。「まだスイートルームの半分を探しただけだ。だが、それほど時間をかけずに――」

遠くで数発の銃声が鳴り響いた。

グレイは小首をかしげた。「食堂の方からだ」

「俺たちのお客さんはトラスクを捕まえようとしているに違いない」マローンが言った。「彼が肌身離さず持っているかもしれないと思って」

その可能性は否定できない。グレイもすでにその選択肢について考慮していた。だから船室内の調べを秘密裏に進めようと気を配っていたのだ。捜索が空振りに終わった場合、感づいたトラスクが警戒をより厳重にするようなことは避けたかった。

「おまえはここの捜索を終わらせてくれ」マローンが言った。「俺はトラスクの身柄を確保する」

グレイには選択の余地がなかった。状況は急変しつつあるし、筋書きから外れてしまっている。いけ好かない弁護士であろうとも、助けが必要だった。

「任せた」


マローンは壁に片手を添えてバランスを保ちながら、傾いた通路を走った。グレイ・ピアースと顔を合わせるのは、数年前のある日、自分の経営する書店で会って以来だ。実際のところ、あの男には好感を抱いていた。自分とは共通点が多い。どちらも元兵士で、情報機関に引き抜かれた。二人とも自分の体を鍛え抜いている。大きな違いは年齢だ。ピアースは少なくとも十歳は年下で、そのことは大きく影響してくる。この手の仕事においてはなおさらだ。もう一つの対照的な点は、ピアースがまだ現役のプレイヤーなのに対して、自分はたまに試合に復帰するだけだということ。

マローンはそのことも重要な差だと気づかないような馬鹿ではなかった。

リバーボートの食堂に通じる下り階段が近づくと、マローンは急ブレーキをかけて立ち止まった。ここから先は慎重に進まなければならない。窓を通して外の川の様子を調べる。船は斜めに浮かび、急流に沈みかけている。立ち昇る煙の奥から、濃い灰色をした一隻のボートが視界に入ってきた。軍服姿の男が一人、船尾に立っていて、その表情は黒いスカーフに隠れていて見えないが、肩に長い筒状のロケットランチャーを担いでいることは確認できる。

あれを使ってこの船に穴を開けたのだろう。

階段を下って踊り場を回り込むと、その先に両開きの扉が見えた。入口のところで給仕長の服装をした男性が倒れていて、そのまわりには大量の血だまりができている。マローンは速度を落とし、一段ずつ注意深く下りながら片側の扉の陰に向かい、食堂内の様子を素早く確認した。

ひっくり返ったテーブルや椅子の間に、さらにいくつもの死体が転がっている。少なく見積もっても、二十人以上。

広々とした室内の片側に大勢の乗客たちが固まっていて、二人の男に銃を突きつけられている。そのほかにも男が二人、死体の間を歩きながら捜索していた。一人は写真を手にしていて、おそらくトラスクの顔と一致する人物を探しているのだろう。マローンは人質の中にドクターを見つけた。ステファニーからメールで顔写真が送られてきていた。トラスクは銃を持つ男たちに背を向けていて、ディナージャケットの下で背中を丸め、片手で顔を半ば隠しながら、大勢の中に紛れ込もうとしている。

そんなごまかしがいつまでも通用するとは思えない。

トラスクはぼさぼさの鳶色の髪ときつい印象の顔立ちを除けば、どこか危険な雰囲気の漂うハンサムな男性だ。マスコミにもてはやされたのもうなずける。しかし、その目立つ外見はほかの大勢の乗客から浮いてしまうだろうから、襲撃部隊の手に落ちるのも時間の問題だ。

そうなるのを阻止しなければならない。

そのため、マローンは前かがみの姿勢になり、給仕長の血に手のひらを浸した。衛生的な観点からは問題のある行為だが、そんなことは言っていられない。マローンは手のひらの血を顔に塗りたくり、拳銃をズボンの背中側のベルトに挟んでから、シャツの裾を引っ張って隠した。

なぜこんなことをしたのかは自分でもわからない。

マローンは足を引きずり、赤く染まった手のひらで血まみれの顔面を押さえながら食堂内に入った。

「助けてくれ」マローンは哀れな声で訴えながら、食堂の奥に進んだ――だが、乗客たちに銃を突きつけている男のうちの一人に制止された。

ポルトガル語の命令が怒鳴り声で伝えられた。

マローンは驚きと困惑を装ったものの、すべての単語を理解した――人並外れた記憶力のおかげで、言語の習得は朝飯前だ。マローンは男に促されるまま、乗客たちが集まる方に向かった。後ろから押され、夫に抱きかかえられている品のある女性にぶつかる。おぼつかない足取りを装い、乗客の一団のさらに奥へと進んでトラスクの隣まで達すると、マローンは拳銃を抜き、植物学者の脇腹に銃口を押し当てた。

「騒がずにじっとしていろ」マローンは小声で伝えた。「無様なおまえを助け出すために来た」

トラスクはびくりと体を震わせ、言葉を発しようとした。

「口を開くんじゃない」マローンはささやいた。「おまえがここから生きて脱出するためには、俺が唯一の希望だ。だからその善意を疑わない方がいいぞ」

トラスクはじっと立ったまま、唇を動かさずに訊ねた。「私に何をしろと？」

「毒物はどこにある？」

「ここから私を連れ出してくれれば、君が当分は不自由しないだけの報酬をあげよう」

こいつは典型的な日和見（ひよりみ）主義者だ。状況に瞬時に適応している。

「君が私を安全な場所に連れていくまでは、何も教えるつもりはない」

自分が主導権を握るつもりでいるらしい。

「あっちの紳士方におまえの正体をばらすこともできるぞ」マローンははっきりと伝えた。

「バイアルは私が肌身離さずに持っている。バイアルが一つでも割れたら、百メートル以内の何もかもが死ぬことになる。治療薬も除染方法もない。つまり、こいつを食い止める術（すべ）はない。焼き尽くす以外にはね」トラスクが勝ち誇ったような笑みを浮かべた。「だから、君は急いだ方がいいと思うよ」

マローンは銃を持つ四人の男たちを観察した。顔の確認作業をしている二人は、死体の捜索を終えようとしている。作戦成功の確率を高めるためには、敵が一カ所に固まっている方がいい。その機会が訪れるのを待つ間、マローンは自分が主導権を握っていることを伝えようとした。

「どこでランを見つけたんだ？」

ドクターはかすかに首を左右に振った。

「それくらいは教えてくれよ。俺は銃をぶっ放してここから脱出し、おまえの相手はやつらに任せてもいいんだぞ——できるだけ早く百メートル以上離れたところまで行くつもりだ」

歯を食いしばるトラスクは、意図を理解したらしい。

二人は凄惨（せいさん）な殺害現場をじっと見つめ続けた。

「ジャングルに入って六カ月がたった頃、ウエソス・デル・ディアブロと呼ばれる植物の噂を耳にした」トラスクは唇をほとんど動かすことなく言った。

マローンは頭の中で翻訳した。

〈悪魔の骨〉

「それについて知っている部族を探し出すのに、さらに一年を要した。私はその村に入り込み、シャーマンの見習いになった。やがて彼はアマゾン盆地の奥深くに埋もれた遺跡群に私を連れていってくれた。いくつもの神殿の残骸(ざんがい)が何キロにもわたって広がっていたんだ。シャーマンの話では、かつてそこには何万人もの人々が暮らしていたらしい。歴史に記録が残っていない一大文明だ」

マローンは似たような遺跡の話を聞いたことがあった。人が暮らしていたとは誰も考えないようなアマゾンの奥地のそのまた奥深くで、衛星からの写真によって初めて発見されるのだという。そうした発見があるたびに、熱帯雨林は文明を維持するのに適さないという定説が覆される。そんな場所で生活していた人々の数は六万人を超えていたと推測されている。そうした住民たちのその後の運命についてはわかっていないが、飢餓と病気が文明消滅の主な原因だとする説が有力だ。

しかし、ほかの理由があったのかもしれない。

食堂内の捜索者たちは最後の死体の調べを終えた。武装した二人の男のうち、近くにいる方が仲間から人質に、そして再び仲間の方に注意を向けた。

「遺跡の中で山積みになった骨を見つけたのだが、その多くは燃やされていた。死んだままその場に放置されていたと思われる遺骨もあった。シャーマンは人々を一瞬のうちに殺し、肉をしなびさせて骨だけにしてしまう大いなる疫病の話を教えてくれた。その近くに生育している見たこともないような濃い色の花を咲かせたランも見せてくれた。その時の私にはランが疫病の原因なのかどうか、まだわかっていなかったが、シャーマンはその植物が死神そのものだと言い張った。触れただけでも命を落とすと。シャーマンはそのランを安全に摘み取り、花びらから毒を採取する方法を教えてくれた」

「それで、この毒素を集める方法を学んだおまえはどうしたんだ？」

トラスクがようやくマローンと目を合わせた。「もちろん、試してみなければならなかった。まずはシャーマンに対して。続いて村人たちに対して」

大量殺人を平然と認める相手に、マローンはぞっとした。

トラスクが顔をそむけた。「あとは私以外の人間の手に渡らないよう、そのランの群生地を見つけられる限りすべて燃やした。だからわかっただろう、救世主さん、私がすべての鍵を握っているのさ」

それだけ聞けばマローンには十分だった。

〈俺のそばを離れるな〉声を出さず、口の動きでドクターに伝える。

マローンはトラスクを引き連れ、ひとかたまりになった乗客たちの端の方に向かった。そこまでたどり着いたら、武器を持った四人の男たちの動きをできるだけ短時間で封じなければならない。判断を下すのにかけられる時間は数秒しかない。四人がようやく一カ所に集まった。マローンが手にする拳銃の弾倉に残っている弾はあと七発。無駄づかいはできない。マローンは横倒しになったテーブルに目を向けた。テーブルの表面は大理石でできているから、ある程度は身を守るのに役立ちそうだ。だが、撃ち合いを始める前に民間人から距離を置く必要がある。

マローンはトラスクの肘をつかみ、テーブルの方に合図を送った。「一緒に行くぞ。遅れるなよ」

マローンは素早く三つ数えてから、テーブルを目がけて疾走し、銃を抜いた――だが、足もとの床が大きく震動し、体が宙を舞った。テーブルを飛び越え、床に叩きつけられたはずみで拳銃を手放してしまう。武器は床の上を滑り、手の届かないところまで行ってしまった。体をひねって様子をうかがうと、食堂の船首側が破壊されていて、ガラスが吹き飛び、裂けた壁に穴が開いていた。

船内に薄暗いジャングルが飛び込んでくる。

マローンは理解した。

リバーボートが川から岸に乗り上げたのだ。

武装した男たちも含めて、全員が倒れていた。マローンはトラスクを探した。植物学者は襲撃者の一団の間に飛ばされていた。体を起こしたトラスクの顔は折れた鼻から血が流れていたものの、それくらいでは顔の特徴を隠すことはできなかった。四人の男たちの間から驚きの声があがる。ライフルを向けられたトラスクは、抵抗の意思がないことを示して両手を高く上げた。

マローンは拳銃を探したが、見当たらなかった。

トラスクがマローンに視線を向けた。その顔には恐怖と懇願が色濃く浮かんでいる。何を考えているのかは一目瞭然だ。〈助けてくれ。助けてくれないなら……〉マローンは首を左右に振り、人差し指を唇に当てて黙っているように合図を送った。救世主の存在を敵に明かすことはいい考えではないと、ドクターが理解してくれるのを祈るしかない。

どちらか一方が自由に動ける状況でなければならない。

トラスクは迷っているうちに無理やり立たされたが、何も言わなかった。

瓦礫（がれき）と化した食堂の内部で一羽のオウムが甲高い鳴き声をあげた。マローンのいらだちを代弁しているかのような鳴き声だった。

トラスクと四人の男たちが暗いジャングルの木々の中へと消えていくのを、マローンはただ見ていることしかできなかった。

グレイは食堂の残骸を眺め、壁の裂け目の先に広がる暗いジャングルをじっと見つめた。「つまり、彼を見失ったんだな」

「どうすることもできなかった」床にひざまずき、散らばった椅子やひっくり返ったテーブルの間を探しながらマローンが答えた。「特に、船が座礁した後は」

グレイはトラスクの船室で何も見つけられなかった。つまり、トラスクはサンプルをどこかに隠して持ち歩いていることになる。また、マローンからはトラスクが話した内容すべての報告を受けた。

マローンがテーブルクロスの下に手を入れ、なくした拳銃を取り戻した。「これで一安心だ。次はどうする？」

「君はこれ以上この件に関わらなくてもいい。第一線を退いた身なんだからな。ブエノスアイレスのガールフレンドのところに帰れよ」

「そうできればいいけどな。だが、ステファニーにお目玉を食うことになる。どうやらおまえは俺と行動を共にすることになりそうだ。まあ、なるべく邪魔をしないようにするからさ」

グレイは皮肉を言われたような気がした。

これまでのところ、今回の司法省と国防総省の即席の共同作戦からは何の成果も得られていない。しかし、トラスクがゲリラに身柄を拘束されたとなると、素直に認めたくはないものの、グレイとしては助けがいてくれるとありがたい。

マローンは障害物をよけながら食堂を横切り、破壊された壁の手前に達した。グレイが見ているると、元工作員は体をかがめ、何かを調べている。乗客たちは全員、救助に駆けつけたほかの船に乗り換えているところで、食堂内には誰も残っていない。

「ここに血痕がある」

グレイはマローンのもとに急いだ。

「トラスクの血に違いない」マローンが言った。「船が座礁した時、あいつは鼻の骨を折った。ひどく鼻血を出していた」

「それなら、その跡をたどろう」

「さっき敵のボートを見た。もう乗せられてしまっているかもしれないぞ」

「そのボートなら俺も船室から見た。だが、俺たちの船が座礁して間もなく、ここを離れていた。襲撃、火災、座礁……航行中のほかの船舶が集まってくるはずだ」

「陸上のチームとボートがアマゾン川のどこかで合流する計画だと考えているんだな？もっと人目につきにくい場所で」

「理にかなったやり方だ。それならば俺たちにもチャンスの扉が開かれる」

「小さな扉だし、刻一刻と閉ざされつつあるぞ」マローンが指差した血痕は、ゲリラの一人の靴でこすられた形跡がある。「ジャングルに入られたら、暗がりで跡をたどるのは厳しい」

「しかし、連中は急いでいる」グレイは応じた。「追われることなど想定していないはずだ。しかも船に乗せてもらうのだから、川岸の近くを移動しなければならない。四人の男が一人の人質を引き連れていれば、はっきりと跡が残っているはずだ」

実際にその通りだった。

数分後、ぬかるんだ岸を苦労して横切っていたグレイは、ゲリラたちがジャングルに分け入った地点を苦もなく見つけた。岸に乗り上げたリバーボートを振り返ると、船体は川の中央の側に傾いていて、船尾からは薄暮の空に向かって今もまだ黒煙が立ち昇っている。ほかに何隻もの船が救助に駆けつけていた。船内の火災が広がる中、乗客たちは次々とこの場を離れつつある。

グレイは煙を噴く残骸と化したフォーセットから目をそむけた。

船名はイギリスの探検家パーシー・フォーセットが由来なのだろう。フォーセットは伝説の失われた都市の捜索中に、アマゾンで行方不明になった。鬱蒼（うっそう）としたジャングルに向き合ったグレイは、自分たちにも同じ運命が待っていないことを祈った。

「行くぞ」そう言うと、グレイは先に立った。

ジャングルに分け入って数メートルも進まないうちに、わずかに残っていた明るさを木々が完全にかき消した。夜の帳が二人を包む。明かりは一本のペンライトだけを使うことにして、その光を前に向け、ぬかるんだ地面の靴跡や折れた茂みの小枝を突き止めていく。跡を見つけるのは容易だったが、進むのは一苦労だった。つるにはどれもとげが生えている。枝が低く垂れ下がっている。やぶはスチールウールのように絡み合っている。

二人はできるだけ音を立てないように気をつけながら進み続けた。夜のジャングルの騒々しさが増しつつあり、二人の動きを隠してくれる。周囲は甲高い鳴き声、羽音、遠吠え、低いうなり声に満ちていた。ペンライトの小さな光は二人の方を見つめるいくつもの目も照らし出した。木々の間で身を寄せ合うサル。枝の上に止まるオウム。黒い斑点のある黄色い大理石のような二つの大きな瞳が光を反射した。

ジャガー、あるいはヒョウだろう。

出会いたくない相手だ。

四十分ほど慎重に進んだ頃、マローンがささやいた。「左を見ろ。あれは火じゃないか？」

グレイは立ち止まり、ペンライトを手のひらで覆った。真っ暗闇の中、木々の間で揺れる赤い輝きが見える。

「やつらはここで野営するつもりなのか？」マローンが小声で訊ねた。

「真夜中になるのを待ってから、川まで戻って船に乗り込むつもりなのかもしれない」

「あれがやつらならば、の話だがな」

確かめる方法は一つしかない。

グレイはペンライトのスイッチを切り、光の方に歩き続けた。これまでたどってきた痕跡もそちらの方に向かっている。距離を詰めるためにはさらに二十分をかけて注意深く進む必要があった。二人はつるに覆われた木立の中で動きを止めた。こちらの姿を隠してくれるし、野営地を偵察するにもちょうどいい場所だ。

　グレイはその先の開けた土地を観察した。

泥と藁でできた小屋があることから、どうやら先住民の村らしい。子供たちが集まっているほか、数人の大人の男女もいて、しわだらけの顔をした村の長老らしき老人は、負傷した腕をもう片方の手で抱えている。リバーボートにいたゲリラの一人が全員にライフルを向けていた。ゲリラたちも焚かれていたかがり火に引き寄せられたに違いない。火の近くにトラスクがひざまずいていた。ゲリラの一人が顔を近づけ、何かを叫んでいるようだが、単語までは聞き取れない。トラスクは首を横に振ったが、素直に答えない代償として手の甲で頬をぶたれ、地面に仰向けに倒れた。別の襲撃者が手のひらに小さな金属製のケースを載せて近づいてきた。連中はトラスクの身体検査をしてバイアルの入ったケースを見つけたのだろう。その表面でＬＥＤライトがかすかに光を発していた。

「電子コードでロックされているな」マローンが口を開いた。

　グレイも同意見だった。「それをトラスクから聞き出そうとしている」

「少しだけ会話を交わした経験から言わせてもらうと、あのドクターとの交渉は厄介だぞ」

厄介という意味では四人のゲリラも同じだった。全員が重武装している。二対一では分が悪い。それに銃撃戦になれば、村人たちの間に死傷者が出かねない。

村の西の外れから新たな一団が近づいてきた。川に通じていると思われる小道を一列になって進んでいる。

人数は七人。そのうちの一人で、ほかのゲリラたちよりも一回り背丈の高い男が、顔を覆っていた黒いスカーフを剝(は)ぎ取った。左の頰の深い傷跡が顎(あご)の下にまで達している。長身の男が怒鳴りつけた命令は、すぐさま実行された。

あいつがリーダーだ。

「まずいな」マローンがつぶやいた。

どう考えてもまずい。二対一が五対一以上になってしまった。

新たにやってきた一団も、アサルトライフル、ロケットランチャー、ショットガンで武装している。

グレイは状況が絶望的だと悟った。

しかし、マローンは動じていない様子だった。「俺たちならできる」

マローンが見つめていると、襲撃部隊のリーダーがトラスクを引っ張って立たせ、川がある西の方角を指差した。おそらくその先でボートが待っているのだろう。

「あいつらを川まで行かせるわけにはいかない」マローンは言った。「だが、向こうが村を離れれば、俺たちはジャングルを優位に使うことができる」

「ゲリラに対してゲリラ戦で挑むわけか」ピアースが肩をすくめた。「気に入った。ロースクールで戦い方を教わったのか？」

「海軍だ」

ピアースが笑みを浮かべた。「運が味方すれば、混乱に乗じてトラスクとバイアルの両方を確保できるかもしれない」

「バイアルさえ手に入ればいいよ」

ターゲットが村を離れた。

二人は低い姿勢のまま並んで走った。獲物は静かに移動しようという考えがまったくないらしい。命令を怒鳴る声や地面を踏みしめる音、枝の折れる音が、川の方角に進んでいることをはっきりと告げている。一団はあたかも周囲を完全に支配下に置いているかのように移動している――ある意味、その通りだとも言える。ここはあいつらのホームグラウンドみたいなものだ。だからといって、ビジターのチームが一点も取れずに終わるとは限らない。

少し開けた村の外れに近づいたマローンは、武器を持った男が二人、村に残っていて、まだ住民たちにライフルの銃口を向けていることに気づいた。

問題発生だ。

どうやらゲリラは目撃者を一人たりとも残さないつもりのようだ。マローンがグレイに合図を送り、するべきことを身振りで伝えると、了解を示すうなずきが返ってきた。残りの距離を走った二人は、銃を持つゲリラの真後ろから村に飛び出した。

マローンは胸を撃ち抜いて一人を倒した。

ピアースがもう一人を始末した。

大きな二発の銃声がジャングルに響きわたる。

マローンは地面に両膝を突いてブレーキをかけながら、倒れたターゲットのアサルトライフルを奪い取った。銃口を空に向け、星を撃ち落とそうとするかのように乱射する。最初の銃声とそれに続くライフルの発砲音が、退却中のゲリラたちには村人たちの後始末の音だと聞こえてくれることを願う。

ピアースは偽装がばれないようにするため、村人たちに静かにしろと身振りで合図している。長老は理解したらしく、うなずくと村人たちに伏せるよう指示した。母親たちには怯(おび)えた子供たちをなだめるように伝え、村の男性たちには逃げる準備として身の回りのものを集めさせている。

ピアースがシグ・ザウエルをホルスターに収め、もう一人のゲリラのライフルを確保した。マローンもそれにならった。ゲリラの死体の近くにロケットランチャーがあることに気づき、それも持っていこうかと考えたものの、ジャングルという狭い場所では余計な荷物になるだけだろう。ライフルと拳銃があれば十分なはずだ。

二人はゲリラたちが姿を消した小道に走った。

三十メートルほど進むと、人影が行く手をふさいでいた。村の始末が完了したことの確認のために送り返されたのだろう。二人が反応するよりも早く、相手が発砲した。木の葉が吹き飛び、二人は木々の陰に飛び込んでかわした。

マローンが木の幹の後ろに回り込んでから向き直ると、応戦するピアースの銃口がちょうど火を噴いたところだった。

悪くない。いい反応だ。

ゲリラの体が後方に吹き飛び、銃弾に切り裂かれた胸はぐちゃぐちゃになった。

鈍い音とともにその体が地面に落下する。

「このまま進むぞ」ピアースが声をかけた。「左右に分かれて追うことにしよう」

マローンは痛む膝のせいでうめき声が漏れそうになるのをこらえた。どう考えても、ジャングルでの戦いはもっと若い人間の仕事だ。

でも、自分はまだやれる。

マローンはなおも突き進んだ。

グレイはマローンの動きを想定し、ペースを合わせて進んだ。ゲリラたちの到着に備えているボートを使用不能にする必要がある。あいにく、こっちはやや人手が足りないし、向こうに着いてから不利な状況への対応を考えなければならない。

グレイはゲリラたちの使った道から少し離れてジャングル内を進み続けた。小道の片側を歩くグレイからは、マローンの姿は見えないものの、道を挟んだ向こう側を移動しているはずだ。弱い風が木々の間を通り抜けた。川から内陸に向かって吹いているようだ。叫び声が聞こえ、グレイは足を止めた。最初はポルトガル語、続いて英語だ。

「姿を見せろ、さもなければおまえの仲間を殺すぞ」

グレイはじりじりと前進し、うずくまった。

目の前に倒木があった。大きな木が一本、つい最近倒れたらしく、ジャングルにぽっかりと穴が開いている。森の傷口に星明かりが差し込み、ゲリラのリーダーの顔を照らしている。リーダーは小さな金属製のケースを掲げていた。ＬＥＤがまだ輝きを発している。別のゲリラがアサルトライフルの銃口をトラスクの後頭部に押し当てていた。グレイはドクターの命のことなどまったく気にかけていなかった。トラスクが戦利品を入手した経緯と、その過程で何が犠牲になったのかについては、マローンが得た情報を知らされている。重要なのは大量生産が可能な外国の研究所の手に渡る前に、毒素を取り戻すことだ。

「すぐに出てこい。彼が殺されてもいいのか?」リーダーが叫んだ。

倒木の向こう側からさらに二人のゲリラが現れた。

その時ようやく、グレイは勘違いに気づいた。

〈おまえの仲間〉

銃を突きつけられたもう一人の人質が視界に入ってきた。猿ぐつわをはめられていて、顔面は血だらけだ。

マローン。


マローンは両手を頭の上で組んだままの姿勢を保っていた。ピアースと二手に分かれて間もなく、不意打ちを食らったのだ。後ろから影が忍び寄り、手のひらで口を押さえられ、一本の腕が首に回された。続いてもう一人にライフルの銃床(じゅうしょう)を腹部に叩き込まれたため、マローンは地面に倒れた。呆然(ぼうぜん)としたまま、マローンはゲリラの顔を覆うスカーフで猿ぐつわを噛まされ、ライフルを突きつけられてジャングルを移動した。そして今、暗いジャングルを見つめながら、ピアースに向かって姿を見せるなと念を送っていた。

あいにく、無言の訴えは届かなかった。

二十メートルほど離れたところからピアースが現れた。ライフルを頭上に高く掲げ、投降の意思を示している。

ゲリラの一人がマローンを前に突き飛ばした。

ピアースがふらつきながら近づくマローンと視線を合わせ、声は出さずに口だけを動かして伝えた。〈いつでも走れる準備をしておけ〉

グレイはマローンの脇をすり抜けてから叫んだ。「降参だ」その声がゲリラのリーダーの注意を引きつけた。

グレイは体を軽くひねり、ライフルを投げ捨てた。狙い通り、全員の目が倒木の上を飛ぶライフルの動きを追っている。グレイは素早く腰に手を伸ばし、シグ・ザウエルを抜くと、低い位置から発砲してすぐ近くの二人を片付けた。

次が本当の獲物だ。

グレイはリーダーを狙って引き金を引いた。

だが、相手を撃ち抜く代わりに、銃弾はリーダーが前に伸ばした手に持つ金属製のケースに命中し、容器を破壊し、手のひらを貫通した。たちまち黄色っぽい色の霧が外に噴き出し、まわりのゲリラたちに降りかかる。グレイはマローンから聞かされた植物学者の警告を思い出した。〈バイアルが一つでも割れたら、百メートル以内の何もかもが死ぬことになる〉

黄色い雲が広がっていく。

悲鳴があがった。

弱い風に乗って雲が自分たちの方に近づくのを見て、グレイは後ずさりした。猿ぐつわをしたままのマローンは、改めて危険を知らされるまでもなく、小道の奥に向かって走り出した。グレイも向き直って後を追おうとした――その時、有毒な雲の間から人影が姿を現した。

トラスクだ。

顔面は熱湯を浴びたかのようにただれ、液体が滴り落ちる目は何も見えていないようだ。何歩か進んだところで全身の筋肉を激しく震わせると、トラスクはバランスを失って地面に倒れた。

悪党には似合いの最後だ。

グレイはマローンの後を追って疾走した。危険が風に乗って後方から迫りくる。グレイは拡散しつつある惨状の方を振り返った。サルたちが木の枝から落下する。飛び立った鳥がくるくると回りながら地面に落ちる。ありとあらゆる生き物たちが一瞬のうちに死を迎えている。グレイはマローンに追いつき、並んで小道の残りを駆け抜けると、村がある開けた場所に飛び出した。

あいにく、村は空っぽではなかった。

住民たちはまだ村にいて、避難が終わっていない。子供たちがあわてた様子で母親の陰に隠れた。いきなり現れた二人を見て、ゲリラが戻ってきたと勘違いしたのだろう。マローンの顔が血だらけで、猿ぐつわをされている状況ではそれも無理はない。グレイは立ち止まり、体を反転させて小道の方を見た。木々の間からコウモリがいっせいに飛び立ち、餌の昆虫を求めて夜の狩りが始まった。次の瞬間、コウモリが次々と空から落下し始めた——初めは遠くの群れが、そしてもっと近くの群れが。

死が風に乗って近づいてくる。

村人たちの方を振り返ると、全員が怯えた表情を浮かべていた。誰一人として、グレイも含めて、あの雲から逃げ切れるような速さでは走れない。

グレイが外した一発のせいで、この場にいる全員の運命が決まってしまったのだ。

マローンは唯一の希望を探し出すと、再び両膝を突いて地面を滑り、ロケットランチャーをひっつかんだ。

素早く確かめたところ、武器に弾は入っている。

〈助かった〉

「何をしているんだ？」グレイがわめいた。

説明している暇はない。

マローンは筒状の武器を肩に載せ、小道の入口に狙いを定めて発砲した。顔のすぐ横でひと揺れした武器が、後方に煙を吐き出す。甲高い音とともにロケット弾が弧を描き、入口の手前で炸裂した。

爆発の炎が夜のジャングルを照らした。

木々が吹き飛び、枝や葉が煙を噴きながら降り注ぐ。

高熱がマローンのもとに押し寄せた。あれで十分なのか？　毒素についてのトラスクの言葉が脳裏によみがえる。〈治療薬も除染方法もない。つまり、こいつを食い止める術はない。焼き尽くす以外にはね〉

マローンは猿ぐつわを剝ぎ取った。

着弾地点から火が外側に広がっていく。炎が夜空に高く揺れ動く。高温の煙が空に向かって噴き上がり、毒素が含まれているはずのまわりの空気を覆い尽くす。マローンは息を殺して待った。雲がここまで達したとしても、そうしておけば命が助かるかもしれないと考えたからではない。その時、森の外れから黒っぽい何かが飛び出してきた。生き物の姿。ヒョウだ。黄色い鉤爪(かぎづめ)を地面に深く食い込ませている。黒い瞳に炎の明かりが反射する。大型のネコ科動物は威嚇(いかく)するようにうなり、牙をむき出した——さっと横に飛びのくと、再び暗いジャングルに戻っていった。

生きている。

うまくいったのかもしれない。

マローンは一分待った。さらにもう一分。

死神はやってこなかった。

ピアースが隣に並び、肩をポンと叩いた。「いいチームだったな。あと、機転が利くじゃないか、おっさん」

マローンは武器を下ろした。

「誰がおっさんだって？」

LAの魔除け

ジェームズ・ロリンズ

ルーツに立ち返って

小説家になって間もない頃の私が、「ジェームズ・クレメンス」のペンネームでファンタジー小説のシリーズものを書いていたことは公然の秘密だ。そのため、そのジャンルの大家R・L・ストーンが編者を務めるアンソロジー用にヤングアダルト向けのファンタジーを書いてみないかとの打診があった時、断ることなどできるはずがなかった。

その何年も前のこと、サンフランシスコにいた頃に、私は市内の壁や路地の多くを彩るストリートアートに魅了された。目を見張るような作品もあれば、どこか謎めいた雰囲気の作品もあった。アーティストについて、彼らの動機について、夜中に描いたスプレーペイントの作品の裏に秘められた意味について、いろいろと考えたものだった。

私は頭の中で、アートを使って邪悪な力を寄せつけまいとする、都会の秘密の守護者たちの世界を構築した。けれども、その物語を発表する場がなかった――そんなところに、R・L・ストーンからの要請が舞い込んできたのだ。

そこで誕生したのが次の短編『LAの魔除け』だ。

主な登場人物

スーリン・ツイ……………………ロサンゼルス在住の少女
ボビー・トムリンソン……………スーリンの友人

スーリン・ツイは慣れた様子で手首をひねり、スプレー缶を振ると、薄暗い路地のコンクリートの壁に赤いペンキの最後の線を加えた。作業を終えると、スーリンは黒いシルクのドレスにペンキが付着しないように気をつけて、一歩後ずさりをしてから完成した作品を眺めた。

福

出来映えに対して完全に納得できているわけではない。もっと上手に描けるはずなのに。これは彼女が決まって描いている漢字だ。まだ十六歳のスーリンは、自らを評価する目が厳しい。自分に才能があることはわかっている。ロサンゼルスのアカデミー・オブ・デザインへも入学を許可された。けれども、これはどんな奨学金よりも大切だった。

スーリンは腕時計を確認した。ルーおばさんはもう劇場に到着しているだろう。スーリンはしかめっ面で文字をにらんだ。

〈これで我慢しないと〉

スーリンは腕を前に伸ばし、漢字の真ん中に手を触れた。いつものようにひりひりする感覚が伝わり、関節に燃えるような熱さを感じる。その温かさが腕を伝い、彼女の全身を包み込み、軽いめまいを覚える。ほんの一瞬、漢字が光を発し、路地の暗い影を押しのける。

〈作業完了〉

スーリンが作品から手を離すより先に、氷のように冷たい痛みがあたかも鉤爪（かぎづめ）のごとく手首を挟みつけた。深く、骨にまで食い込んでくる。スーリンは「あっ」と声をあげて手を離し、後ずさりした。

〈えっ……今のはいったい何？〉

スーリンは手首を見た。傷跡は付いていないが、あの冷たい感触はまだ残っている。腕をさすり、氷のような冷たさを融かそうとしながら、険しい目つきで自らの作品を観察する。

壁面に描いた濃い赤の文字は色が黒く変わっていて、路地の闇よりも暗く見える。

スーリンは手首をさすり続け、前後左右に曲げながら、何が起こったのかを理解しようとした。あの漢字――三年前から使っている「タグ」は彼女のサインのようなもので、ロサンゼルス大都市圏のあちこちでこれまでに何百も描いてきたのとまったく同じだ。

〈何か間違えたのだろうか？　描くのを急ぎすぎたとか、出来が悪かったとか、それともとんでもないミスをしたとか？〉

不安が高まり、胸の痛みを覚える。スーリンは描き直そうかと思ったが、もうそんな時間はなかった。あと五分もしないうちにバレエの幕が開く。ルーおばさんはもう家族の専用ボックス席に着いているだろう。軽率な振る舞いに関して口うるさいおばは、また遅れたりしたらかんかんに怒るはずだ。

腕の痛みが治まるのに合わせて、描いた文字からも影が抜けていくように見えた。まるで何事もなかったかのように、「福」の文字に豊かな赤い色が戻っている。

何が問題だったのかはわからないが、それはもう消えたようだ。スーリンはスプレー缶をメッセンジャーバッグに突っ込み、路地の入口で待っているリムジンに急いだ。

車のドアハンドルに手を伸ばしながら、もう一度だけ肩越しに振り返る。まるで壁に血が付着しているかのように、彼女のマークがまだ光を放っている。多くの中国人にとって、それは新年の祝賀を連想させる幸運の印にすぎない。神前に供え物として両手で酒樽を置く姿を現している。

けれども、スーリンにとって、ペンキで描いた「福」はパワーそのもので、どこであろうとそれが描かれた一帯を保護する力がある。今夜、この場所で強盗事件は発生しない。このセブン-イレブンの店長の身は守られる。

少なくとも、自分ではそうだと思っている。それが今は亡き母と古くからの迷信をしのぶための、ささやかなやり方だ。母との、母と娘が分かち合う何世紀にもさかのぼる過去との、水田の間にたたずむ村との、桜の花が咲き誇る朝とのつながりを維持するための方法。

スーリンは心の中で母に祈りを捧げてから、リムジンの後部座席に乗り込んだ。近くのハンティントン・ビーチから車内に吹き込む海風は、かすかに潮の香りを伴っている——その下に隠れた腐敗臭も。スーリンの全身に寒気が走った。

〈魚と藻類がにおっているだけ〉スーリンは自分に言い聞かせた。

運転席に座るチャールズが彼女を見てうなずいた。二人の間に言葉は必要ない。スーリンが物心ついた時から、チャールズは彼女の家族と一緒にいる。

一人きりの時間が欲しかったので、スーリンは運転席との間のガラスのパーティションを上げ、気持ちを落ち着かせようとした。目の前のガラスに自分の姿が映っている。長い黒髪は頭の上に高く束ね、エメラルドをあしらったヘアピンで崩れないように留めてある。瞳は色も輝きもヘアピンと同じだ。

〈まるでお母さんの幽霊みたい〉

この数年間、スーリンは自分がだんだんと面影の中の母とそっくりに成長していて、ある世代から次の世代に移り変わりつつあることを意識せずにはいられなかった。孤独と喪失の痛みが心に穴を開ける。

スーリンは悪性リンパ腫が母の命を奪う前、最後に見舞った時のことを振り返った。病室には漂白剤と消毒用アルコールのにおいが満ちていて、ハーブ療法、影像や記号が持つ癒しの力、古代の迷信を信じる弱った母にふさわしい場所ではなかった。

「これをあなたに伝えるわ、スー・ロウ・チアイ、我が娘よ」母は病院に備え付けの紙を一枚、スーリンの方に滑らせながら、小さな声でささやいた。「私たち家族の遺産で、母親から娘に、十三世代にわたって受け継がれてきたものなの。今年はあなたが生まれて十三年目に当たる。この数字にはパワーがあるの」

「お母さん、お願いだから休んで。化学療法は体にとても負担が大きいんだから。睡眠を取らないと」

スーリンは母から紙を受け取り、ひっくり返して裏側を見た。幸運を表す漢字が一文字、母の手による美しい草書体で書いてあった。

福。

「スーリン、これであなたはこの天使の街の守護者」母は一言一言、苦しそうに絞り出しながら、誇りと悲しみの入り混じった声で伝えた。「もっと早く説明できればよかったたんだけれど。この謎は初潮を迎えた後でないと明かすことができないの」

「お母さん、お願い……休まないと……」

母はその後も、思い出と薬のためにうつろになった目で話し続けた。予知夢について、壁や扉にペンキで正しく描くことで呪いを防ぐパワーについて、聞かせてくれた。スーリンは素直に耳を傾けたが、心電図モニターの機械音、点滴の音、廊下の先にあるテレビのかすかな音も聞こえていた。

幽霊や神が数多く登場するそんな古くからの物語が、心電図や針生検や保険の記入用紙といった現代の世界に存在しているなんて。

ようやくゴム底のシューズをはいた看護師が病室に入ってきた。「面会時間は終わりですよ、ミス・ツイ」

母が何かを言い返しかけたが、スーリンがさっとキスをすると落ち着きを取り戻した。

「また明日来るから……放課後に」

口実ができたことにほっとして、スーリンは逃げるように病室を出た。不思議な物語だけでなく、癌という悪魔からも逃れることができて安堵(あんど)していた。それでも、母は帰ろうとするスーリンに向かって呼びかけた。「気をつけないと――」けれども、閉まる扉がそれに続く言葉を遮り、その後は二度と母の声を聞くことはなかった。

その夜、母は昏睡(こんすい)状態に陥り、息を引き取った。

スーリンは病院の用紙を両手でしっかりと握って見つめていた時のことを思い出した。〈祝福と幸運〉スーリンは思った。母にはちっとも役に立たなかった。

「着きましたよ、ミズ・ツイ」チャールズの言葉で我に返ると、リムジンがサンタモニカの劇場前の縁石に横付けしたところだった。

スーリンは過去の思い出を振り払い、座ったまま横に移動した。チャールズがすでに扉を開けてくれている。「ありがとう、チャールズ」

スーリンが車を降りると、レンタルしたタキシード姿のティーンエイジャーが待ちかねた様子で転げ落ちるように階段を下りてきた。「スー！　そろそろ来ると思っていたよ」

相手の姿を見て笑みがこぼれそうになるが、スーリンは顔の表情を変えまいとした。中国では、少女が強い感情を表に出すのは礼儀正しくないとされる。例の文字を書くのと同じく、これもまた母をしのぶための、ささやかな形ながらも伝統を守るためのやり方だ。

若者がスーリンに駆け寄った。彼女よりも頭一つ分だけ背が高く、タキシードのサイズが大きすぎるから余計にひょろっとしているように見える。長い髪はポニーテールに束ねてあった。

ボビー・トムリンソンはスーリンと同い年だ。幼稚園の頃からの幼馴染み（なじ）で、彼女の数少ない友人の一人でもある。二人ははみ出し者同士で、自然とつるむようになった。ボビーはコンピューターオタクで映画マニア、内気なスーリンは言葉を発したとしてもささやき声程度だった。やがて二人は「タギング」と呼ばれるグラフィティアートへの好みを密かに共有するようになった。十一歳の時、ボビーから初めてタギングについて教えてもらったスーリンは、たちまち夢中になった。母が病気を患ってからは、それが世の中に対する反発のはけ口になり、そうしたわずかな自由と喜びのおかげで、スーリンは打ちのめされそうな悲しみと怒りに対処できた。それから数年間、二人は一緒に街中を走り、警察の目を逃れながら、何色ものペンキで市内に自分たちの存在の証(あかし)を残そうとしてきた。

そんな思い出に浸るうちに、心の内にとどめた笑みがいっそう大きくなる。ボビーの後を追いながら、スーリンは階段を上って建物内に入った。ボビーはタイタン・ピクチャーズのインターンとしての新しい仕事について、早口でしゃべっている。

「前に話をしていたバンパイアもののミュージカルの撮影が、明日から始まる。僕は裏方の仕事を手伝うことになっているんだ！」

スーリンはボビーの顔を見て、問いかけるように片方の眉を吊り上げた。

ボビーが肩をすくめた。「まあ、具体的に何をするのかはわからないんだけどね。でも、裏方として働くのさ！」

二人がスーリンの家族専用のボックス席に着くと、オーケストラが第一楽章の演奏を始めた。振り返ったボビーの目は、何かを面白がっているかのように輝いている。ボックス席には誰もいない。

のに。

「ルーおばさんはどこ?」スーリンは訊ねた。おばはとっくに到着していると思っていた

「さっき電話があって、銀行での合併絡みの仕事で手が離せないんだってさ。今夜は僕たちだけだよ」

ボビーと二人きりだとわかり、スーリンはびっくりした――もちろん、二人だけで夜の市内を何時間も走り回った経験はある。でも、これはそれとは何かが違う。正装した二人だけで、薄暗いボックス席に座るのだ。スーリンは照明が暗くなっていて助かったと思った。熱くなって紅潮した頬(ほお)を見られなくてすむ。

それでも、スーリンはボックス席の手前で躊躇(ちゅうちょ)した。場違いな感じを覚える。バレエが大好きなのはルーおばさんだ。自分もボビーも、バレエはそんなに好きではない。それに心のどこかでここから逃げ出したい、動き続けたいという気持ちがある。閉じ込められているという自分でも説明のつかない思いが頭から離れない。

スーリンは手首をさすり、ボビーの顔を見た。「ねえ、ルーおばさんがいないんだったら、私たちがここにいる必要はないんじゃない? グローマンズではレトロな映画の特集を――」

「ジョージ・パルだね!」ボビーが先回りして言った。「知ってるよ! 『宇宙戦争』だ。あと、シンドバッドの映画も」

ボビーが特殊効果を使った映画制作に目がないことは、スーリンもよく知っている。昔ながらのミニチュアを使ったものやストップモーションアニメから、最新のＣＧ技法を取り入れたものまで。ある意味、ボビーも彼女と同じく過去と現在の狭間にいて、伝統的なものと現代的なものの間でもがいている。

「だったら行きましょ！」ボビーの熱意を感じながらスーリンは言った。

二人は笑い声をあげながらバレエから逃れ、リムジンに乗り込んでハリウッド大通りに向かった。その夜、グローマンズ・チャイニーズ・シアターでタキシードとフォーマルなシルクのドレス姿だったのは、スーリンたち二人しかいなかった。入口の巨大なひさしの下をくぐる時、ボビーがまるで映画の試写会でレッドカーペットの上を歩くかのように、彼女の腕を取った。

楽しかった一方で、スーリンは古い映画館の古代中国風の建築様式を強く意識していた。それが母の思い出をかき立てる。

けれども、座席に着くとボビーの熱意が彼女にも伝染し、つらい記憶を心の奥に押しやってくれた。ボビーはジョージ・パルが現代的な特殊効果の真の父だという理由について、ストップモーション撮影が失われた芸術となった経緯について、しゃべり続けた。やがて客席の照明が暗くなり、一本目の映画が始まった。二人の間に心地よい静けさが訪れ、この世の中と幻想の世界とを分かつ、ちらちら揺れる光の物語に浸る。

ふと気づくと、スーリンはボビーの手を握っていた。どちらが先に握ったのかはわからない。絵を描く時のスプレーの動きのように、ごく自然にそうなっていた。

それでも、スクリーンに視線を向けたまま、どちらも相手の顔を見ようとはしなかった。

旧作映画の一本目が終わってようやく照明がついたところで、スーリンはボビーの方を見て、沈黙を特に意味のない言葉で埋めようとした。二人の関係がこれからどんな方向に進むのかについては、まだ話をする心の準備ができていない。スーリンの手がボビーの手から離れた。

「ボビー――」

胸に激しい痛みが走り、氷と炎が渦巻いてその先の言葉をかき消していく。スーリンはうめき声をあげながら床に倒れた。館内の光景が黒一色に変わり、体が影にのみ込まれていく。

暗闇に包まれる中で、笑い声がスーリンにつきまとう。邪悪な喜びの笑いが、冷たくかすれた声に変わる。「この次が楽しみだ。この次に我がものとなるのはおまえだ」

一瞬、スーリンの心の中にセブン-イレブンの店長の姿がよぎった。血の海が広がる中に仰向け(あおむ)けに倒れている。胸には刃物で切り裂かれた傷口がある。

それはすぐに消え、再び真っ暗闇になった。

瞬時に現実の世界が戻ってくる。目の前にはボビーの顔があった。唇が動くのを見つめ、その言葉が意味を結ぶまでに少しだけ時間がかかる。「――怪我（けが）は？　スーリン、大丈夫かい？」

　スーリンはどうにか上半身を起こそうとした。「え、ええ。たぶん」

「医者を呼ぼうか？　気を失っていたみたいだったけど」

「大丈夫。でも、家に帰らないといけない」映画館の中の空気がさっきまでよりも薄く、冷たく感じられる。

「一緒に行くよ」

　スーリンには反論する気力がなかった。ボビーの肩に寄りかかったまま、半ば抱えられるようにして映画館を出ると、階段を下りてリムジンに向かう。

「彼女を家まで連れていって」ボビーがチャールズに伝えた。

「お願いがあるの」レザーの座席に崩れるように座りながら、スーリンは小声で訴えた。

「途中でさっきのセブン-イレブンに寄ってくれない？」

　確かめる必要がある。

　ボビーが隣に座り、チャールズと不安げに顔を見合わせた。

　ありがたいことに交通量が少なかったので、リムジンは通りを順調に飛ばした。スーリンは窓の外を見つめた。呼吸が浅い。関節が白くなるほどの力で、座席の端をぎゅっと握り締める。サンタモニカ・ブールバードに入ると渋滞が始まった。サイレンの音とたくさんの警光灯のせいだ。セブン-イレブンの店の前に集まっている。燃えるような赤い光に照らされて交通整理をしている警察官が、リムジンに向かってそのまま進むように合図した。車が店の前を通過した時、救急隊員がシートに覆われたストレッチャーを救急車の方に押していくのが見えた。

「停まりましょうか、お嬢様？」

「いいえ」

もう確認はすんだ。

「この店にはタグを描いたんだろう？」彼女の動揺を察したボビーが、そっと手に触れながら訊ねた。

スーリンはうなずいた。

「でも、描き終えることができなかったのかい？　ラグナの時みたいに」

スーリンの記憶がよみがえった。あれは街の守護者としての役割を担い始めて間もない頃だった。スーリンはまだ自分の力を心から信じていなかった。警察が近づいてきたため、文字を完成させる前に逃げてしまったのだ。間もなくその店は火災で焼け落ちた。

その後も、スーリンは本当の意味で確信できたわけではなかった。今だってそうだ。「福」のタグを受け入れているのは母の思い出のため、母をしのぶためだし、罪悪感と喪失感から生まれた伝統への義務感からだ。

でも、今回は……

「ううん」スーリンは小さな声で答えた。「ちゃんと描き終えた。何かほかの理由のせい」氷のように冷たい鉤爪と、不気味な笑い声が脳裏によみがえる。口から言葉があふれ出る。そんなことを口にするなんて馬鹿みたいだと思うけれども、それが真実なのだともわかっている。「何かが私のことを知っているんだと思う……そして、私を捕まえようとしている」

ボビーは黙ったままだ。スーリンはボビーがパワーについて完全には理解できていないし、心の底から信じていないこともわかっていた。でも、きっかけをくれたのは彼だったのだ。ボビーは母の死がどれほど深くスーリンを傷つけたのかは理解していた。ある晩、スーリンは母から聞いた話を、一族の女性が受け継ぐ不思議な血筋についての母の言葉をボビーに教えた。興味をひかれたボビーは、その漢字を彼女の新しいタグとして使えば、二人の夜の行動に重みと目的が加わるんじゃないかと提案した。そのようにしてこの役割が始まったのだった。

けれども、心の奥深くで――存在を認めようと思うよりも深いところで、スーリンはずっと前からそれ以上の何かだと感じていた。言葉ではうまく説明できない。悲劇が彼女を引き寄せ、彼女に呼びかける――スプレー缶を使えば、彼女はどういうわけかその人たちを守ることができた。

今夜までは。

「どうするつもりだい?」ようやくボビーが訊ねた。

「わからない」

「ルーおばさんを呼ぼうか?」

スーリンは眉をひそめた。母の妹に当たるルーおばさんは、母の死後、スーリンを引き取ってくれた。おばはバンク・オブ・アメリカの融資担当者を務めていて、実務的で真面目な人だ。母が大切にしてきた古くからの伝統なんて、鼻で笑っていた。

「ルーおばさんが今回のことで助けになるかどうか、わからない」

〈そもそも、おばさんに助けてもらいたいのかどうかもわからない〉

でも、おばさんなら何かを知っているかもしれない。今回の件の説明になりそうなことなら、何でもいいから。ほかに選択の余地はなく、スーリンは自分のｉＰｈｏｎｅを取り出した。指が震えるせいで、連絡先のリストからおばの番号にうまく電話をかけられない。

ボビーが腕を伸ばし、手のひらでスーリンの手を包み込んだ。一度だけぎゅっと握り締めると、ｉＰｈｏｎｅを彼女の手からそっと抜き取る。「僕がかけるよ」

「ありがとう」

スーリンは手の震えを止めようと、膝の上に重ねて置いた。ボビーがおばに電話するのを聞きながら、窓の外の景色を見つめる。ボビーの声が外を走る車の音と一体化していく。

車が家に到着するまでの間、スーリンは懸命に理解しようとした。誰かが私のしていることを知っている。あるいは、何かが――

不意に視界がぼやけ、一点の暗闇へと狭まっていく。スーリンは手探りでボビーの手をつかもうとした。まるで溺れかけているかのように、ボビーにしがみつく。けれども今回は、何が起きているのかわかっていた。

心の中に映像が開く。そのすべてが見える。

……水平線から昇る太陽……揺れ動いて裂ける海岸……海に落下する断崖沿いの家々……

悲鳴が彼女の耳を満たす。

続いてまっさらな黒い石の壁が現れる……高速道路のリヴァーサイドへの出口の真下……そこは隠れた断層の真上。

スーリンにはそれが何を意味するのかわかっていた。まっさらな壁は彼女の次のキャンバス。そこが彼女の作業を求めている……来たるべきこの悲劇からの保護を求めている。

映像がフェードアウトするにつれて、スーリンは安堵すると同時に恐怖を覚えた。三年が経過した今でも、こうした呼びかけを見ると体の芯にまで寒気が走る。今ではもう、ただの偶然だとか、不安と罪悪感から生まれた悪夢だとかと片付けることはできない。

死にゆく者たちの悲鳴が小さくなるのに合わせて、あざけるような笑い声が起こった。

スーリンはその邪悪な喜びの音色に聞き覚えがあった。ハンターが姿を現し、その存在を知らしめているのだ。それは彼女への挑戦状であると同時に、警告でもある。

ボビーがスーリンの体を抱きかかえ、自分の方に引き寄せた。「どうかしたのかい、スー？」

スーリンは両手で顔を覆った。取り乱して怯えた表情を見られたくなかったからだ。心の片隅では、悲鳴をかき消す嘲笑がまだ聞こえていた。

「地震。明日」スーリンはボビーのタキシードに顔をうずめてつぶやいた。「防ぐことはできるけど、彼が私を止めようとする」

「誰が？」

「わからない。でも、急がないと。答えが必要なの」


「……ただの昔話ね」ルーおばさんはリビングルームの赤いモロッコ絨毯の上を落ち着きなく歩いていた。その動きを追ってタバコの煙が漂う。おばは立派な体格の女性で、黒髪を短いボブにカットしている。細身で優雅さを兼ね備えていたスーリンの母とは対照的だ。「でたらめばかりのナンセンス。香を焚くとか、インチキ宗教とか、そんな感じ」

「おばさん、こんなことをしている時間はないの。ずっと私に秘密にしてきたんでしょ」ボビーの隣でレザーのソファーに座ったまま、スーリンは前に身を乗り出した。「お母さんは私がパワーを持っていると知っていたし、おばさんにもきっと話したことがあったはず」

「スーリン、あなたまさか本当に信じて――」

「何かが私を捕まえようとしている」スーリンはおばの言葉を遮った。「私にはわかるの」

おばの表情に不安の影がよぎった。

「その何かが私を捕まえるために、この街をめちゃめちゃにしようとしているのよ」スーリンはなおも訴えた。

ルーおばさんは顔をそむけ、精緻(せいち)な美しさを持つ明朝時代の花瓶を見つめた。その声はほとんど聞き取れないくらいの大きさになっていた。「あなたの言う通りだとしたら、彼があなたを見つけ出したということ」

スーリンは一瞬、心臓が止まったかと思った。「誰なの?」

おばは顔をそむけたままで、まるでこの件の一切に向き合うことを恐れているみたいだった。表計算ソフトや財務評価という彼女の世界とは相いれない話なのだ。

「ねえ、お願い、おばさん。教えて。誰なの?」

「グウェイ・ソウ」おばがようやく小声で答えた。あたかも古い歴史の重みに押しつぶされているかのようだ。「悪魔のこと」

スーリンの体の奥深くで、その静かな答えに何かがざわついた。〈グウェイ・ソウ〉化け物に名前が付いたことで、体が反応したのだ。

「何を知っているの、おばさん？」

「話だけ。子供を怖がらせて寝かせる時に聞かせるの。ただの伝説」

スーリンは部屋を横切っておばのもとに歩み寄り、背中からハグした。腕の中でおばの体が震えているのを感じる。「伝説じゃないの、おばさん。私の体と同じで、実在しているの」

おばはスーリンのハグから離れ、暖炉の前に向かった。「信じたくなかった」

「でも、どうして？」

「家族の物語は不名誉についての話なの。臆病と恥についての。私たちの家族は汚名を負った血筋。あなたが大人になったら、私から伝えることになっていた。でも、作り話としか思えなくて。私たちの家族の秘密を隠すことで、あなたを無用な恥辱から守れると思ったから」

「理解できないんだけれど。このパワーがあるのは、この守りの能力を持っているのは、名誉なことのはずでしょ」

おばはクリスタルの灰皿でタバコの火を消した。「名誉なことだった。昔は。私たちの家族は中国の各省に一つずつ存在していた、三十五の選ばれし一族のうちの一つだった。それぞれの一族は自分の省を守る責任を担っていた。私たちの家族は黄海沿岸の山東省を保護していた。中国では大切に扱われた一族だったのよ」

「それなら、何が起きたんですか?」ボビーが質問した。

「伝えられる話によると、秩序の神と混沌(こんとん)の神が常に争っているということなの。守護者の一族はこのバランスの一部となるべく成長してきた。彼らには混沌のうちの一定の部分を妨げ、災厄をそらす能力が備わっている」

「私ができるみたいに」スーリンは言った。

おばがうなずき、椅子の肘掛けに腰を下ろした。「そうね。でも、何百年も経過する間に、混沌の神が私たちの妨害に怒り狂い、守護者の一族を破壊するために自分の脾臓(ひぞう)からハンターのグウェイ・ソウを創造した。このハンターが解き放たれ、多くの破壊を経た後に、ようやくすべての一族が結集した。それぞれの一族が代表者を一人ずつ派遣し、ハンターを罠(わな)にとらえるだけの力がある連合軍を結成したというわけ。そのためには三十五人の守護者が輪になって化け物を取り囲み、罠に閉じ込めなければならなかった。けれども、魔法が効き目を発揮する前に、その中の一人――私たちの一族の代表者が、恐怖に耐え切れなくなって逃げてしまったの。輪が壊れて、魔法も解けてしまった。ハンターは残った三十四人の守護者を殺した。私たち不名誉な一族は中国を追われ、何十年も世界をさまよった後、ここに落ち着いたというわけ」

「でも、その化け物はどうなったの？」

「言い伝えによると、失敗に終わった攻撃でグウェイ・ソウは傷を負い、元通りの力を取り戻して私たちの世界に再び入り込むためには、輪で取り囲んだ守護者全員の殺害を完了させなければならないということなの。守護者としての能力は各世代の一人だけにしか受け継がれなくて、グウェイ・ソウもそのことを知っている」ルーおばさんがスーリンの顔をじっと見つめた。「その直系の血筋で残っているのは一人だけ」

スーリンはソファーまで戻り、倒れ込むように腰を下ろした。「言うまでもなく、それは私ということね」

ルーおばさんがうなずいた。

ボビーがスーリンの手を握った。一人きりにはしないと、無言で約束してくれている。

「じゃあ、私はどうやってそんな化け物を食い止めたらいいの？　過去にはそいつをやっつけるために三十五人の経験豊かな守護者が必要だったんでしょ。今は私だけしかいない。日の出までにどこでそれだけの人数を見つければいいの？」

「わからない。話にはそれ以上の手がかりが含まれていないの」

スーリンは目を閉じた。何もせずにいたら、ＬＡの街が壊滅する。でも、どうやって一人でこの悪魔と対決すればいいのだろう？

三代前から受け継がれてきた古めかしい振り子時計が、廊下で一度だけ鳴り、時を告げた。もう夜も残り少なくなりつつある。

ボビーが口を開いた。「いい考えがある。でも、うまくいくかどうかわからないけど」

スーリンは半信半疑でボビーを見た。「どうするの?」

「魔法を使うのさ」


午前二時でも、スタジオの敷地内はまだ活気にあふれていた。スポットライトとナトリウムランプが夜の闇を押しとどめている。新作西部劇のジーンズ姿のカウボーイや、アクション映画に出演する黒ずくめの忍者が行き交い、小道具係とカメラクルーが忙しそうに動き回っている。

敷地内を急ぎ足で横切るスーリンとボビーには、誰一人として注意を払わなかった。

「ばれたらどうするの?」スーリンはボビーのそばから離れないようにしながら訊ねた。

ボビーが自分の服の背中を指差した。タキシードからボンバージャケットに着替えていて、その背中にはタイタン・ピクチャーズのロゴが入っている。「インターンシップが決まった時にもらったんだ。誰も僕たちのことを怪しみはしないよ」

スーリンの顔には納得の表情が浮かんでいなかったようだ。

「心配ないって」ボビーが請け合った。「ここは幻想の世界だ。僕たちが誰なのかなんて問題ない——誰みたいに見えるのかが重要なのさ」

ボビーがジャケットの襟を立てた。

喧騒（けんそう）を離れてスタジオ内のより静かな一角に入ると、スーリンは周囲を見回した。ボビーからは計画についてちゃんとした説明を受けていない。「どこに向かっているの？」

友人は歩き続けている。

「ボビー……」

ボビーが立ち止まり、スーリンの正面に立った。「その悪魔が君の後を追っているのだとしたら、このことは必要最小限の人だけが知っていればいいと思う。今のところ、君の知っていることは少なければ少ないほどいい」

その時初めて、スーリンはボビーの顔に恐怖の色が浮かんでいることに気づいた。不意に相手が年上に、同時に年下にも感じられる。暗がりで輝くその瞳にあるのは不安だらけ——けれども、その奥には別の何かが、これまでずっとそこに存在していたのに、スーリンには見えていなかった何かがあった。それが今、初めて見えた。

「君がこんなことをする必要はないよ」ボビーが言った。「まだ間に合う。僕も家族に話を伝えるから、さっさとこの危険な街からおさらばしようぜ」

ボビーの言葉にはいつもの陽気さがあるものの、スーリンにはそれが無理に作ったものだとわかった。この場所にあるほかの何もかもと同じで、幻想にすぎない。ボビーは彼女に逃げてほしいと心から願っている。ここから離れて、生きてほしいと。

スーリンはボビーの不安を理解した――そして、その裏に何があるのかも。その両方から力をもらうと、スーリンは前に身を乗り出し、つま先立ちになった。〈いつの間にボビーはこんなに背が高くなったの？〉スーリンはボビーの頬にそっとキスをすると、再びかかとを下ろした。

「どこにも行かない」スーリンはきっぱりと言った。「ここは私たちの街だもの」

ボビーが笑みを浮かべた。頬は真っ赤だ。「そうさ、その通りだよ」

華麗に回れ右をすると、ボビーは先に立って歩き始めた。またしても、スーリンはいつの間にかボビーの手を握っていた。二人は野外撮影用のセットや狭い道を一緒に走り抜け、F／Xの文字がある緑色の扉の前にたどり着いた。

「特殊効果？」スーリンは困惑して訊ねた。「理解できないんだけど」

ボビーがようやく折れた。「どうやら必要最小限の人に君を含める時が来たみたいだ」

計画の説明を聞くうちに、スーリンは目を丸くした。「気は確かなの？」スーリンは啞然としてボビーの肩をぴしゃりと叩いた。

ボビーは叩かれたところをさすりながら肩をすくめた。「ほかにもっといい案があるなら……」

そんなものはなかった――それに、代案を考えている時間がないのも確かだった。何をしようとしているのか、ボビーにはちゃんとわかっているんだと信じるしかない。

「そうね。じゃあ、これでいきましょ」

ボビーの笑みが大きくなった。「知らなかったよ、君をこんな簡単に言いくるめられるなんて」

「うるさい」

ボビーは自分のカードキーで扉のロックを解除し、特撮スタジオに入った。スーリンはその後ろに続いて、二階にある作業部屋に向かった。室内にはコンピューター機器や巨大なプラズマモニターが並んでいて、隣接してグリーンバックのクロマキー用スタジオがある。

「この全部の使い方を知っているの？」

ボビーは「僕ってそんな馬鹿に見えるの？」と言いたげな目つきでにらんだ。「Ｘｂｏｘとともに成長し、九歳の時にコンピューターを自作したのは誰だっけな？　それにインターンとして数週間、ここでポストプロダクションのクルーにコーヒーとドーナツを配っていた。学べることはすべて教わったよ。君は驚くだろうけど、ここではダブルホイップのモカラテさえあれば、いろいろな知識の扉が開くのさ」

スーリンは三百六十度、周囲を見回した。「私は何をすればいいの？」

「まず、君には新しい衣装が必要だ」ボビーはフックに掛かっている何着もの黒のスパンデックスの全身タイツを指差した。その表面にはたくさんのピンポン玉がくっついている。「カーテンの向こうで着替えるといいよ」

スーリンは深呼吸をしてから、いちばんサイズの小さなスパンデックスをつかみ、カーテンの奥に引っ込んだ。急いでドレスを脱いで下着だけになり、きつい全身タイツにどうにか体を突っ込む。着替えを終えると、スーリンは自分の姿を見た。スパンデックスが新たな皮膚みたいに張り付いている。裸になった気分だ――頭がおかしくなったような気分でもある。

白いピンポン玉が体の関節と曲線を示している。

「何をぐずぐずしているんだい？」ボビーが呼びかけた。「こっちはすっかり準備ができたよ」

スーリンはカーテンの陰から出て、ボビーを指差した。「何も言わないで！」

スーリンの姿を見て、ボビーが口をあんぐりと開けた。顎に指先を当て、口を閉じたものの、にやにやした笑いは顔から消えず、それが彼の感想のすべてを物語っていた。

ボビーが歩み寄り、黒いスキューバダイビング用マスクのような大型のゴーグルをスーリンに手渡した。ゴーグルからは黒いコードが何本か延びている。

「今度は何？」スーリンは訊ねた。

ボビーは壁のすべてが緑色の隣のスタジオを指差した。「モーションキャプチャー用のスーツにはグリーンバックが最適なんだ。ゴーグルをはめれば、僕がコンピューター上でやっている作業を全部見ることができる」

ボビーは何もないスタジオにスーリンを案内し、重いゴーグルの装着を手伝ってくれた。ゴーグルの内側は全面が大きなデジタルスクリーンになっている。視界に入ってきたのはコンピューターで生成されたテストパターンだ。

「これでオーケー」ボビーが言った。「僕がいいと言うまで、そこに立っていて」

「その先は？」

「君がいちばん得意なことをするのさ。君が描いている間、僕は操作を担当するから」

ボビーがゴーグルのコードをプラグに挿し込み、続いてスタジオの外に出ていくのが聞こえた。扉が閉まる。スーリンは不意に孤独感を覚えた。この数年間、スーリンは最新技術というものへの疑いが強まっていた。そのきっかけになったのは母の命を守れなかった医療機器だった。その代わりに、スーリンは母が愛したものに目を向けた。キャンバスに描く油絵の具の、壁に塗るスプレーペイントの簡素さだ。彼女にとってはそれだけでも十分に魔法だった。コンピューター技術の冷たい計算の世界などは無用だった。

それはボビーの専門だ。

スーリンは彼を信じなければならなかった――実際に信じた。

ゴーグルに埋め込まれた小さなスピーカーを通して、ボビーの声が届いた。「スー、僕に向かって手を振ってみて。コンピューターが君の動きを正しくキャプチャーしているか、確認したいから」

スーリンは言われた通りにした。いったい何をしているんだろうかと思う。

「いいぞ！　完璧に一致している。今から君の方を起動させるよ」

ゴーグル内に映っていたテストパターンが消えたかと思うと、目の前には新しい世界が広がっていた。野生の花が咲き乱れる草地の真ん中にいて、目の前にはイーゼルがある。花のまわりではチョウが舞い、空を飛ぶ鳥の鳴き声がする。スーリンは太陽の光を遮ろうとして片方の腕を持ち上げた――だが、目の前に上がってきたのは彼女の腕ではなく、コンピューターが生成した複製だ。

「明るすぎるかな？」ゴーグルのスピーカーを通してボビーが小声で問いかけた。「モニターからだと判断が難しくて」

「うん……ちょっとまぶしすぎる」

「調節するよ」

スーリンは目を細めて草地を見つめた。突然、太陽が地平線の方に傾き、影が広がっていく。

「これでどう?」ボビーが訊ねた。

「だいぶいい感じ」スーリンは答えた。「でも、私は何をすればいいの?」

「自分のタグを描くんだよ、スー。そのことが化け物をひきつけた。あいつをこのバーチャルな世界に呼び出すんだ。僕はここで記録する」

スーリンは覚悟を決め、すっと息を吸い込んでから、絵筆と油絵の具のパレットに手を伸ばした。実際には目の前に何もないのだけれど、動きと反応があまりにも完全に一致しているので、あたかも実在しているかのように感じられる。片手に持つ絵筆と、もう片方の手のパレットの存在もはっきり伝わってくる。

最初はまごついたものの、すぐにいつものリズムに乗ることができた。絵筆の先を油絵の具に付け、おそるおそる一画目を描く。白いキャンバスに一筋の赤い線が引かれる。数呼吸する間に残りの十三画を加えて、いつもの漢字が完成した。

バーチャルな絵筆を握り締めたまま、スーリンは待った。

何も起こらない。

「ボビー?」

「ちゃんと正しく描いたのかい、スー?」

スーリンは自分の作品を凝視した。申し分ない出来だ。

〈何か忘れていることがあるの?〉

その時、はっと気づいた。何もない空間で指を前に突き出すと、別の世界ではコンピューターで生成された指が現れ、キャンバスに描かれた文字の中心に近づく。指先が触れた瞬間、いつものひりひりする感覚が腕を伝った。スーリンは体をこわばらせ、固唾(かたず)を飲んだ。心臓が何度か鼓動を打つ間、じっと待つ。

それでも、何も起こらない。

スーリンが腕を下ろそうとした時、突き刺すような冷気が手首をつかんだ。前回と同じく、さっと腕を引っ込めたくなる——けれども、今度は逃げたりせずに、しっかりと立ち向かわなければならない。はるか昔に先祖がしたように、一族の名誉を汚すことがあってはならない。

突如として、スーリンの意識に異国の記憶が一気に流れ込んできた。ずっと忘れていた夢がよみがえってきたみたいな感じだ。黄海から太陽が昇る山東省を思い出す。桜の花びらが浮かぶ水面で、兄弟たちと釣りをしたことを思い出す。初恋の相手だったワン・リーが、一族の恥となった自分に背を向けた時のことを思い出す。

「スー？」ボビーの声には戸惑いの色がある。「何をしているんだい？　君が映っているはずの画面上に、ローブ姿の年配の女性がいるんだけど」

過去と現在の狭間に浮かんでいるスーリンには、その声がほとんど届いていなかった。さらなる先祖の記憶に満たされていくにつれて、理解が広がっていく。

「彼女は友達なの」ようやくスーリンはつぶやいた。それが本当のことだとわかる。「何が起きているのか自分でもはっきりとはわからないけれど、あなたの勘が当たった。あいつが来る。感じるの。雷を伴う嵐の前に電気を感じるみたいに」

冷たさが心臓を求め、腕を這い上がる。それに続いて聞こえた老人のかすれてくすんだ笑い声が、崩れて言葉を成す。「やっと見つけたぞ、スウ・ファー、私の小さな花よ」

はるかな記憶が侵入してくる。霧にかすんだ峡谷は見上げるような高さの木々に囲まれていて、遠くの水田から低い牛の鳴き声が聞こえ、悪夢の世界の生き物がうずくまり、あざけるような声で話している。

スーリンの唇が動いたが、誰がしゃべっているのかはわからない。自分なのか、それとも先祖なのか？「グウェイ・ソウ」

再び不気味な笑い声が響く。「ああ、私の名前を知っているのか。おまえは長い間ずっと、うまく身を隠していたな、スウ・ファー。だが、その花を摘む時が訪れた。自由になった暁には、おまえを飾りの代わりとして身に着けるとしよう。人間の世界を自由に歩き回ってやる」

草地の地表近くからもやが上昇し、老いた顔に変わった。しなびたアンズみたいに黄色でしわだらけだ。その顔に下卑た笑いが浮かぶと、何本もの牙が現れる。彼女のまわりを取り囲み続けるもやは、ヘビがとぐろを巻いているかのようだ――爬虫類を思わせる鉤爪が手首をしっかりとつかんでいる。

　消えた火から煙が立ち昇るように、古い恐怖がよみがえった。

〈捕まってしまった。脱出しなければ。逃げろ！〉

　頭がずきずきと痛む。世界が傾き始める。視界がぼやける。

「スーリン！」ボビーの声がスーリンを現在に引き戻した。「モニターに化け物が映っている。そこから出るんだ！」

　とげとうろこに覆われた化け物がもやの中からはっきりと姿を現した。腕を引き戻そうとした時、ほかの誰かの思いが割り込んできた。

〈だめ。踏みとどまるの。戦わなければいけない〉

「スー、プログラムを終了させるよ」

「だめ、ボビー！」スーリンは叫んだ。状況が理解できつつある。「輪が完成していない。あいつは私の後を追って出てくる」

「かまうものか！」ボビーが言った。「僕が相手をしてやる」

　ボビーの言葉――勇気と愛に満ちたその言葉が、もっと最近の記憶を呼び覚ました。ボビーと一緒に路地を走っている。笑いながら警察やギャングの一味から逃げている。街中にタグを残している。私の街！　私たちの街！

「計画通りに進めて」スーリンは伝えた。「輪を完成させるの」

グウェイ・ソウが不審そうな表情を浮かべて顔を近づけた。その息は暴かれた墓のようにくさい。「いったい誰と話をしているのだ？　それとも、祈りの言葉か？　おまえのちっぽけな神様に助けを求めても無駄だぞ。祈りがおまえを救うことはない」

「誰が祈りなんか必要なの？　愛してくれる友達がいるのに」スーリンにはその通りだとわかっていた。「さあ、ボビー！」

「コピーの作動！」

何もなかった草地に突然、スーリンの前にあるのとまったく同じ三十四個のイーゼルが出現した。草地をぐるりと取り囲んでいる。宙に浮かぶ腕が、さっきのスーリンと同じ動きを繰り返す。三十四人の腕が絵筆とパレットを持ち、いっせいに同じ文字を描いた。そして前に手を伸ばし、指先で文字の真ん中に触れる。

化け物の黄ばんだ顔に困惑の表情がよぎった。赤く燃える目がきょろきょろと落ち着きなく周囲をうかがう。スーリンの手首をつかむ鉤爪が形を失ってもやになる。ヘビのとぐろも崩れて霧になった。あざけりの表情を浮かべた顔が近づく。「これは何の魔法だ、魔女？」

スーリンはその答えを知っていた。「はるか昔に壊れた呪文が再びつながったということ」

「ありえない。ほかの守護者はもういない。どんな策略を使ったのだ？」

グウェイ・ソウは女性がスカートの裾を押さえるかのような仕草でもやを集め、草地の上を滑るように移動した。輪から抜け出そうとするものの、見えない力の壁に阻まれる。もやを壁にぴったりとくっつけ、抜け穴を探している。甲高い鳴き声を発しながら草地を前後左右に移動し、新たに誕生した檻（おり）の側面に繰り返し体当たりを食らわす。

一分が経過した頃、化け物はようやく動きを止め、スーリンのもとに突進した。「その腕を下ろせ、スウ・ファー。呪文を解くのだ。そうすれば、おまえを逃がしてやろう」

〈昔と同じ手を使っている〉

「今世紀はそうはいかないから」スーリンは鼻で笑った。

「そうやって永遠に立っていることなどできやしない」化け物は脅しと怒りをあらわにしながら警告した。「おまえはいずれ疲れる。そうしたら丸のみにしてやる」

スーリンは化け物の顔を見据えたまま、片方の眉を吊り上げた。「本当に？　だったら、あなたをこの現代の世界に歓迎してあげる。あなたは過去の亡霊にすぎない。そして過去はあなたがこの先もずっといることになるところ。永遠に記憶（メモリー）の中に閉じ込められて」

スーリンはもっと大きな声を出した。「ボビー、始めて！」

「ディスクへのセーブを開始！」

ゴーグルの中の景色が遠ざかり、どんどん縮んでいき、やがてデジタルの窓は切手くらいの大きさになった。光景が小さくなる中で、スーリンには彼女たちが姿を現すのが見えた。ほかのイーゼルの後ろに立っているのは中国人の女性たちで、年齢は様々だが、いずれも殺されたはるか昔の守護者たちだ。女性たちがスーリンに向かってお辞儀をした。昔の借りをすべて返してくれたことへの感謝の印だ。

最後の瞬間に、愛と誇りに満ちたささやき声が聞こえた。

〈スー・ロウ・チアイ……〉

スーリンはその声の、その優しい言葉の持ち主を知っていた。感極まり、涙があふれる。

「……お母さん……」

温かさに包まれると同時に、かすかなつながりがさらに薄れていく。

スーリンは必死にしがみつこうとした――けれども、それはまるで煙をつかもうとしているかのようだった。つながりが途絶えた。それは定め。彼女の世界ではないのだから。

それでもなお、温かさはスーリンの中に残っている。

それが今は亡き母の名残。

彼女にとっての永遠の愛。

ゴーグルの内側がコンピューターのデスクトップ上の画像に切り替わった。そこに表示されているのは映像の最後の場面だ。悪魔を取り囲む三十五人の守護者。そのファイルがフォルダーのアイコンにドロップされる。アイコンの上にダイヤル錠のイラストが重なる。クリックとともにロックがかかった。

「閉じ込めたぞ！」ボビーが呼びかけた。

スーリンは体を震わせながら大きく息を吐き出すと、ゴーグルを外した。目の前にあるのは空っぽのスタジオだ。背後で勢いよく扉が開き、ボビーが駆け込んできた。スーリンの顔を見ると心配そうな表情に変わる。

「スー、大丈夫かい？」

スーリンは涙をぬぐった。「最高の気分」

心の底からそう感じていた。

ボビーが歩み寄り、追記型のＤＶＤを一枚、手渡した。その表面にはうっすらと霜が付着している。「あいつはこの中に閉じ込められている、そうだよね？」

スーリンはうなずき、ディスクを受け取った。「そうだと思う」

「だったら、僕たちの勝ちだ」そう言うと、ボビーがほっと息を吐き出した。

「たぶん、この戦いはね。でも、争いそのものは終わっていない」

グウェイ・ソウは混沌の神の手下の一人にすぎない。まだリヴァーサイドの壁にしなければならない作業が残っている――何もしないでいれば、夜明けとともにロサンゼルスは天使も寄りつかない街になってしまう。

ボビーが目の前に立った。「じゃあ、どうする？」

「仕事に取りかかる時間。スプレー缶は持ってる？」

ボビーはまるで侮辱されたかのように左右の眉を吊り上げた。「もちろん」

スーリンは再び身を乗り出し、つま先立ちになった。今度はボビーの唇にキスをする。

「それなら、世界を救いにいかなくちゃ」

ブルータスの戦場

ジェームズ・ロリンズ

まったく異質な作品

ジョージ・R・R・マーティンを感心させたい。

次の物語を書いた理由はそこにあった。マーティン氏と、大いに尊敬されているガードナー・ドゾワ共編のアンソロジーに作品を提供しないかという話をもらった。作品集のタイトルは*Warriors*（戦士たち）で、このアンソロジーの面白い点は、戦士についての物語であれば、歴史上のどんな場所の戦士でも、あるいは舞台が未来でもかまわないというところだった。

私は頭をかきむしりながら、どんな「戦士」について書こうかと悩んだ。自分が申し出を受けたのは、シグマフォース・シリーズの小説に科学分野の訓練を受けた「銃を持つ科学者」という変わった兵士たちが数多く登場するからだろうと考えた。しかし、それを題材にするのではあまりに見え見えで予想がつくし、マーティン氏のような手強い人物には作品として提出できないように思えた。

マーティン氏の作品は私が高校生だった頃から、『ゲーム・オブ・スローンズ』が大成功を収めるはるか以前から読み続けている。彼がいろいろな顔を持っているのは知っていた。過去にはＳＦからファンタジー、ホラー作品まで手がけている。そのため、私はまったく異質で誰も予期していないような何かに挑戦しようと考えた。自分の戦士を人間にするつもりはなかった。その代わりに、獣医としての経験を生かし、ユニークな戦士についての物語を書くことにした。その戦士とは、違法な闘犬に参加させられる犬だ。

また、この物語を犬の視点から描くことで、読者の皆さんを闘犬の目から見た悲惨な世界にいざなおうと考えた。その目的のために、ジャック・ロンドンの作品を読み返した。経験を快く話してくれる人にインタビューもした。虐待を受けた犬のリハビリを専門にする動物行動学者とも話をした。

そうしたすべての要素から生まれたのが『ブルータスの戦場』で、これは今でも自分の中で最高の作品の一つだと思っている。

ありがとう、ジョージ！

主な登場人物

ブルータス（ベニー）……………闘犬
ジェイソン………………………ベニーの飼い主の男の子

大きな犬は吊るされたタイヤに食らいついてぶら下がっていた。後ろ足は地面から一メートル弱の高さで揺れている。頭上には抜けるような青空が広がり、真っ赤な太陽がじりじりと照りつける。長い時間が経過して、犬の顎の筋肉はすっかり固まってしまっていた。横から突き出た舌は、乾燥した塩がこびりついた革製品のような状態になっている。それでもなお、喉の奥には黒い油と血の味がする。

だが、彼は離そうとしなかった。

そうするべきだと思っていたから。

背後で話をする二つの声が聞こえる。犬はそのうちの一つが、トレーナーの耳障りな声だとわかった。しかし、もう一方は初めて聞く声だった。キーキーと甲高く、単語と単語の間に鼻をすするような音が混じる。

「こいつはどのくらいあそこにぶら下がっているんだ？」聞き覚えのない声が訊ねた。

「四十二分だ」

「まさか！　とてつもなくタフなやつだな。だが、あいつは純血種のピットブルじゃない、そうだろ？」

「ピットブルとボクサーだ」

「そうなのか？　実は来月、スタッフォードシャーのメス犬との試合が予定されている。いいことを教えてやろう、そのメスはかなり残忍な性格でな。相手を子犬たちの餌にしちまうぜ」

「あのオスの料金は千だ」

「千ドルだと？　頭がおかしくなっちまったのか？」

「うるせえ。この前の試合であいつは一万二千ドルを稼いだんだ」

「一万二千？　冗談だろ。闘犬の試合でか？」

トレーナーが鼻で笑った。「会場に費用を払った後でもそれだけ残ったんだ。こいつは中部州のチャンピオンを破った。あの馬鹿でかい相手は一見の価値があったな。全身が筋肉で、傷跡だらけ。このブルータスよりも十キロは重かった。レフリーが計量の時に試合をストップさせようとしたくらいだ。俺の犬がリング上で餌になっちまうと言ってな！　だが、こいつは連中に見せつけてやった。そのオッズのおかげでぼろ儲けできたわけさ」

笑い声が続く。生々しい響き。そこに温かさはまったくない。

犬は二人の方を盗み見た。左側に立つトレーナーはぶかぶかのジーンズに白のTシャツ、両腕はタトゥーだらけで、頭はスキンヘッドだ。もう一人の見知らぬ男はレザージャケットを着ていて、ヘルメットを小脇に抱え、視線は落ち着かない様子であちこちをさまよっていた。

「このくそ暑い太陽から逃れようじゃねえか」見知らぬ男がようやく言った。「数字の話といこう。今週末には千ドル入ってくる予定だ」

二人が立ち去ろうとした時、何かが犬の脇腹を打った。しかも、かなりの強さで。だが、それでも犬はタイヤを離さなかった。まだだめだ。

「離せ！」

その指示を聞くと、犬はようやく口を開き、練習場の地面に下りた。後ろ足に血液がたまり、感覚が失われてしまっている。それでも、犬は二人の男の方に体を向けた。まぶしい太陽の光に目を細めながら、肩を怒らせる。トレーナーが木のバットを手にして立っていた。見知らぬ男は両手をジャケットのポケットに入れ、一歩後ずさりした。その男が怯(おび)えているのを鼻で感じ取る。苦みのある湿ったにおいは、古い尿に浸かった雑草のようだ。

トレーナーはそのような恐怖をまったく見せない。片手にバットを持ち、不満げに顔をしかめている。トレーナーは手を伸ばし、犬の首輪から吊るした鉄のプレートを取り外した。プレートがかちかちに固まった地面に落下する。

「十キロの重りだ」トレーナーが見知らぬ男に教えた。「来週までにその一・五倍に増やす。首を太くするのに効果があるからな」

「あれよりも太くなったら首が回らなくなるぞ」

「変な向きに首を回してほしくないね。リング上で嚙みつかれたりしたら大怪我(けが)をしてしまう」

バットの先端がいくつも並んだケージの方に向けられる。脇腹に向かって靴が動く。

「さっさと犬小屋に戻れ、ブルータス」

犬は口を歪(ゆが)めたものの、喉が渇いていたし疲れ切ってもいたため、言われた通りに向きを変えた。フェンス付きの小屋が敷地の奥に連なっている。床はコンクリート製で、汚れは放置されたままだ。彼が近づくと、隣のケージの犬たちが顔を上げ、すぐ不機嫌そうに下を向く。犬は入口で片方の後ろ足を持ち上げ、マーキングをした。感覚を失った足が震えないようにこらえる。弱みを見せることはできない。

彼はそのことを初日に学んだ。

「さっさと中に入れよ！」

彼は後ろから蹴飛ばされながらケージに入った。小屋の奥半分に釘(くぎ)で止めたトタンの切れ端が、唯一の日陰を作っている。後ろでフェンスの扉が金属音とともに閉まった。

犬は薄汚れたケージ内を水の入った皿まで移動すると、頭を下げ、喉を潤した。

二人が建物の方に向かうにつれて、話し声が遠ざかっていく。質問する声がケージまで届く。「あの化け物、どうしてブルータスって名前なんだ？」

犬は二人の会話を無視した。その記憶は黄ばんだ骨のかけらとなって、深いところに埋もれている。二度にわたって冬を経験する間に、彼はそれをすりつぶして消し去ろうとした。けれども、しっかりと根差したまま、忘れることのできない真実として残っている。

彼はこれまでずっとブルータスと呼ばれてきたわけではなかった。


「おいで、ベニー！　そうだ、いい子だ」

それはまるで温かいミルクのように流れていく、とても甘くて、とても心安らかで、すべての隙間を喜びで満たしてくれる、そんな日々だった。黒い色の子犬はどこまでも広がる緑の芝生を飛び跳ねながら横切った。庭の反対側からでも、痩せた男の子が背中に隠して持っているホットドッグのかけらのにおいがする。男の子の後ろに建つ煉瓦造りの家のポーチを縁取るように、つる植物が茂って紫色の花を咲かせている。ミツバチの羽音が聞こえ、カエルの合唱は夕暮れが近づきつつあることを教えている。

「お座り！　ベニー、お座り！」

子犬は露に濡れた草の上でスリップしながら止まると、尻を地面につけた。全身がぷるぷると震える。ホットドッグが欲しくてたまらない。男の子の指に付いた塩分をなめたい。耳の後ろをかいてほしい。この日が終わってほしくない。

「そうだ、いい子だ」

手が前に突き出され、指が開いた。子犬は冷たい鼻先を手のひらに突っ込み、肉のかけらをほおばると、なおも近づこうとした。体の後ろ半分を左右に振りながら、男の子にぴったりとくっつこうとする。

もつれ合いながら、一人と一頭は芝生の上にひっくり返った。

笑い声が太陽の光のように明るく鳴り響く。

「気をつけて！ ジューンバグが来るよ！」ポーチから男の子の母親が声をかけた。ブランコを揺らしながら、男の子と子犬がじゃれ合うのを眺めている。母親の声は優しく、その手ざわりはやわらかく、その物腰は穏やかだった。

ちょうど自分の母と同じように。

ベニーは母が額の毛を整えてくれたり、耳に鼻を押しつけたりしていたことを覚えていた。十頭の子犬たちがひとかたまりになって不満の鳴き声をあげる中、みんなの安全を守ってくれた。もう母の顔をほとんど思い浮かべることができない。覚えているのは、おっぱいを飲もうと争う子供たちを見下ろす、茶色い優しい目の温かさだけ。兄弟姉妹の中でいちばん小柄だったこともあって、ベニーは必死に争わなければならなかった。けれども、いつも一緒に戦ってくれる仲間がいた。

「ジューニーーー！」男の子が甲高い声で叫んだ。

芝生の上でのじゃれ合いに新たな重さが飛びかかってきた。ベニーの姉のジューンバグだ。キャンキャン鳴いたり吠(ほ)えたりしながら、その辺にあるものを何でもかんでも引っ張ろうとする。シャツの袖でも、ズボンの裾でも、振っているしっぽでも。彼女の大のお気に入りはしっぽだった。ベニーにもちゃんと順番が回ってくるように、ほかの兄弟のしっぽをくわえておっぱいから引き離してくれた。

今はその同じ鋭い歯がベニーのしっぽの先端に食らいつき、ぎゅっと引っ張っている。ベニーは甲高い鳴き声を発し、真上に飛び跳ねた——痛いからではない。楽しい遊びとしてだ。一人と二頭は庭をごろごろ転がっていたが、とうとう男の子が仰向(あおむ)けにひっくり返って降参し、姉と弟はその顔を左右からぺろぺろとなめた。

「それくらいにしておきなさい、ジェイソン！」二頭の新しい母親がポーチから呼びかけた。

「そんな、ママ……」男の子は左右に二頭の子犬を従え、片肘を突いて上半身を起こした。二頭はしっぽを振り、舌を出し、はあはあと息をしながら、男の子の胸を間に挟んでお互いを見つめた。時が止まったかのようなその瞬間の光り輝く姉の目は、笑いと茶目っ気と喜びにあふれていた。まるで自分の姿を見ているかのようだった。

だから二頭は一緒に引き取られたのだ。

「そっくりだろう、この二頭は」年配の男性は両膝を突き、子犬たちの中から弟と姉を持ち上げると、集まった客に見せたものだった。「オスは右の耳が真っ白で、メスは左の耳が真っ白。まるで鏡に映しているみたいだ。素敵な組み合わせだと思わないかい？　離れ離れにしたくないねえ」

結局、その必要はなくなった。弟と姉は新しい家で一緒に暮らすことになった。

「あとちょっとだけ、遊んでもいいでしょ？」男の子がポーチに向かって訴えた。

「もうこれ以上はだめ。お父さんがもうすぐ帰ってくるんだから。夕食の前に手を洗ってきれいにしないと」

男の子が立ち上がった。ベニーは姉の目が興奮で輝いていることに気づいた。自分の目も同じだろう。二頭とも、母親の発した最後の言葉だけを理解できた。

〈夕食〉

二頭の子犬は男の子のそばを離れ、一目散にポーチへと向かった。ベニーの方が体は小さいが、速さでは負けない。庭を一気に横切り、その先に待つ食事のボウルを思い描く。もしかすると、食後のビスケットもあるかもしれない。ああ、それと――

――その時、いつものようにしっぽを引っ張られた。後ろからの奇襲を受けて足がもつれる。ベニーは鼻から芝生に突っ込み、手足を広げたまま腹這いで草の上を滑った。

姉が追い越し、ポーチの段を駆け上がる。

ベニーは懸命に足をばたつかせながら後を追った。いつものように姉の作戦にまんまとやられたが、そんなことはどうでもよかった。ベニーはしっぽを振り続けた。

こんな日々がいつまでも続きますようにと願いながら。


「そろそろあいつを出してやった方がいいんじゃないのか？」

「まだだめだ！」

ブルータスはプールの真ん中で足を動かしていた。指を大きく広げて後ろ足で水をかく。前足を必死に動かし、鼻先が水面から沈まないようにする。鉄の鎖の重り付きの首輪が、体をコンクリートの底に向かって引きずり込もうとする。数本の紐をより合わせた太いロープのせいで、ブルータスはプールの真ん中から動けずにいた。心臓が激しく鼓動を打ち、口から飛び出しそうだ。水しぶきを飛び散らせながら、懸命に呼吸をする。

「おいおい！　あいつを溺れさせるつもりか？」

「少しぐらい水を飲んだって死にやしない。試合まであと二日。大きな大会だ。俺もあれに大金を賭けている」

必死になって足をばたつかせたり回したりするが、水が目に入ってしみる。視界の端が暗くなり始めた。それでもなお、脇にいるトレーナーが見える。半ズボン姿で、シャツは着ていない。裸の胸には互いに歯をむいてうなる二頭の犬のタトゥーがある。ほかに二人の男が鎖を手にしていて、犬がプールの端まで泳ぎ着かないように押さえている。

疲れ果てて体も冷え切り、体の後ろ半分が深く沈み始めた。ブルータスは懸命に踏ん張ったものの、頭も水面の下に潜った。大量の水を飲み込んでしまう。むせながらも足で水を蹴り、再び水面から鼻を突き出す。咳き込んで肺から水を吐く。それに合わせて胃液も少し逆流し、口のまわりの水面に膜ができる。鼻孔から泡が噴き出す。

「あいつはもうだめだ。出してやれよ」

「あとどれだけ力が残っているか、見るとしよう」トレーナーが言った。「メス犬であいつよりも長く泳いでいたやつがいる」

永遠にも思えるような苦痛の時間がさらに続き、ブルータスは鎖の引っ張る力と水を含んだ体の重さにあらがった。水を四回かくたびに、頭が水中に沈む。吸い込む空気と同じくらい、ひりひりと刺激のある水を飲んでしまう。聞こえるのは今にも張り裂けそうな自分の心臓の鼓動だけだ。視界がさらに狭まり、針先ほどの大きさの光だけになる。ついにそれ以上は水面を目指して戦うことができなくなった。さらなる水が肺に進入してくる。ブルータスは沈んだ――深みに、そして暗闇に。

けれども、そこにすら安らぎは存在しない。

今でも暗闇が怖くてたまらない。

夏の嵐がシャッターをガタガタと揺らし、大きな雷鳴はまるですべての終わりを告げているかのようだった。激しい雨が窓に打ちつけ、まばゆい稲妻が夜空を引き裂いた。

ベニーは姉と一緒にベッドの下に潜り込んでいた。身を寄せてぶるぶると震える。姉はうずくまり、耳をぴんと立て、鼻を上に向けている。雷鳴がとどろくたびに、平穏を脅かす音に対して姉がうなり声をあげるので、その胸の奥からも低い音がとどろく。ベニーも恐怖を表に出していて、体の下にあるカーペットを濡らしてしまっていた。ベニーは姉ほど勇敢ではなかった。

……ゴロゴロ、ゴロゴロ、ズーン！……

まばゆい光が部屋中を照らし、あらゆる影を消し去る。

ベニーは弱々しく鳴き声をあげ、姉は激しく吠えた。

ベッドの上から現れた顔が二頭をのぞき込んだ。男の子の顔は上下が逆さまで、唇に指を当てている。「しーっ、ジューニー、パパを起こしちゃうよ」

けれども、姉はまったく言うことを聞かなかった。繰り返し吠えては、嵐の中に潜む何かを追い払おうとしている。男の子は転がりながらベッドを下りて、床の上に仰向けになった。両腕で二頭を抱え上げ、自分の方に引き寄せる。ベニーは喜んでなすがままにされた。

「うわあ……びしょ濡れじゃないか」

ジューニーはもがいて男の子の腕を逃れると、しっぽを真っ直ぐに伸ばし、耳をぴんと立て、吠えながら部屋の中を走り回った。

「しーっ」男の子はベニーを抱きかかえたまま、姉を捕まえようとした。

廊下の先で勢いよく扉が開いた。足音がこだまする。寝室の扉が内側に開く。木の幹のような大きな裸足の脚が見えた。「ジェイソン、明日の朝は早起きしないといけないんだ」

「ごめんなさい、パパ。嵐のせいで怖がっているんだよ」

長い大きなため息が漏れた。大きな男性はジューニーを捕まえると、両腕で高々と掲げた。姉は左右に振るしっぽで腕を叩きながら、男性の顔をなめ回した。それでも、空から鳴り響く音に反応して、うなり声は止まらない。

「この子たちは嵐に慣れないといけないな」男性が言った。「夏になると毎晩のようにこんな雷が鳴るから」

「一階に連れていくよ。裏のポーチのソファーで寝ればいい。僕が一緒にいてあげれば……この子たちもすぐに慣れるかもしれない」

ジューニーが男の子の手に渡された。

「よし、わかった。だけど、もう一枚ブランケットを持っていくんだぞ」

「ありがとう、パパ」

大柄な男性が男の子の肩をぽんと叩いた。「おまえはこの子たちの面倒をちゃんと見ている。パパはうれしいぞ。二頭とも、どんどん大きくなっているじゃないか」

男の子はもがく二頭の子犬を苦労して抱えながら、笑い声をあげた。「まったくだね」

しばらくすると、一人と二頭はかび臭いソファーの上で一緒になってブランケットにくるまっていた。ネズミや鳥の糞のにおいが、風と湿気のせいでつんと鼻を突く。けれども、みんなと一緒にいられるので、それまでで最高のベッドだった。嵐もいくらか収まってきたが、まだ強い雨が月明かりのない暗い空から降り続けている。ポーチの屋根板を叩く雨音が聞こえる。

ようやくベニーの気持ちが落ち着き、まぶたが閉じかけた時、姉がすっと立ち上がり、毛を逆立てながら再びうなり声をあげた。男の子を起こさないよう、そっとブランケットから抜け出す。ベニーも仕方なくその後を追った。

〈何だろう?〉

すでにベニーの両耳もぴんと立ち、周囲の様子をうかがっていた。ポーチの段の上から嵐が吹き荒れる庭を見つめる。太い木の枝が大きく揺れている。芝生一面に雨がたまり、小さな波が起きている。

その時、ベニーにも聞こえた。

脇のゲートが動くカタカタという音。かすかなささやき声。

誰かが外にいる!

姉がポーチから勢いよく飛び出した。頭で考えるよりも先に、ベニーもその後を追う。

二頭はゲートに向かって疾走した。

ささやき声がはっきりとした声になる。「静かにしろ、馬鹿野郎。犬があそこにいるかどうか、俺が見てくる」

ベニーの見ている前でゲートが開いた。二つの影が前に進み出る。ベニーは動きを緩めた——その時、新鮮な生肉のにおいをとらえた。

「ほら見ろ、言った通りだろ?」

小さな光が暗闇を貫き、姉を照らし出した。ジューニーが速度を落としたので、ベニーは姉に追いついた。見知らぬ男たちの一人が片膝を突き、手のひらの上のものを見せた。

濃厚な肉のにおいがあふれ出る。

「こいつが欲しいんじゃないか、そうだろ? さあ、来いよ、ちび犬ども」

ジューニーはおなかが地面にくっつきそうな姿勢で相手ににじり寄り、ためらいがちに歓迎しながらしっぽを揺すった。ベニーは鼻先を上に向けて何度もにおいを嗅いだ。食欲をそそるにおいに引き寄せられ、姉の後ろから近づく。

　二頭がゲートの近くにまで達した時、二つの黒い影が飛びかかってきた。ベニーの上に重たい何かが落ちてきたかと思うと、体にきつく巻き付く。ベニーは鳴き声をあげようとしたが、何本もの指が鼻と口をしっかりと押さえつけたので、大きな声が出せずにこもった音にしかならない。姉の口からも同じような音が漏れた。

　抱きかかえられると、そのまま運ばれていく。

「獲物を手に入れるのは嵐の夜がいちばんだ。誰も疑いはしない。雷のせいにするからな。犬が怯えて逃げてしまったと考えるというわけさ」

「いくらくらい稼げそうなんだ？」

「一頭で五十は余裕だな」

「いいね」

　再び雷鳴がとどろき、ベニーの昔の生活が終わったことを告げた。


　ブルータスはリングに入場した。頭を低く下げ、肩を怒らせ、左右の耳を頭にぴたりとくっつける。全身の毛はすでに逆立っている。深呼吸をするとまだ痛むが、それを表には出さない。プールの水を飲んでからずっと肺の中でくすぶっている鈍い炎が、息を吸うたびに燃え上がる。ブルータスは用心深く周囲のにおいを嗅いだ。

リング内では前の試合で流れた血を掃除するために砂をならしているところだ。それでも、真新しいにおいが古い倉庫内を満たしている。獣脂と油の痕跡も、セメントのにおいも、犬と人間の汗や糞尿の悪臭も。

試合は日没から始まり、夜が更けても続いている。

けれども、誰一人として会場を後にしようとはしない。

この試合が終わるまでは。

自分の名前を繰り返し呼び上げる声が聞こえた。「ブルータス……さあ、この怪物の肝っ玉のでかさを見るがいい……こいつは体こそ小さいが、俺はブルータスが自分の二倍も大きな犬と戦うのを見た……相手の喉をきれいに噛み切ったんだ……」

ブルータスが檻の中で待っていた時、その脇を通り過ぎる人々は多くが子供連れで、彼のことをじろじろと見ていた。指差す人もいれば、写真を撮る人もいた。カメラのフラッシュに目がくらみ、ブルータスは低いうなり声をあげた。やがてセコンドを務めるトレーナーがやってくると、バットを振り回しながら人々を追い払った。

「立ち止まるな！　こいつは無料の見世物じゃないんだ。こいつのことがそんなに気に入ったなら、ちゃんと金を賭けてくれ！」

そして今、ブルータスがリングを囲む高さ一メートル弱の木製のフェンスのゲートを通り抜けると、観客席からの歓声や口笛が彼を迎えたが、それに混じって耳障りな笑い声や怒りのこもった叫び声も聞こえた。そうした音にブルータスの心臓が高鳴る。爪を地面に食い込ませ、全身の筋肉に力を込める。

ブルータスとトレーナーが先にリングへと入った。

観客の奥にはたくさんの檻とフェンスで囲まれた小屋が並んでいる。いくつもの影がうごめいたり歩き回ったりしている。

吠える声はほとんど聞こえない。

リングの外では力を温存しておかなければならないことを、犬たちは知っている。

「負けない方がおまえの身のためだ」トレーナーがつぶやき、鋲（びょう）の付いた首輪とつながっている鎖をぐっと引っ張った。まばゆい明かりが闘犬場の内部を照らしている。トレーナーのスキンヘッドの頭頂部に反射した光で、その両腕の赤と黒のタトゥーが内出血したあざのように浮かび上がる。

一人と一頭はリングの端にとどまり、そのまま待った。トレーナーがブルータスの脇腹を手のひらでぴしゃりと叩いてから、濡れた手をジーンズでぬぐった。ブルータスの毛はまだ湿っている。試合前、出場する犬は対戦相手のトレーナーの手によって全身を洗われる。試合を優位に運ぶための滑りやすい獣脂や有害な油分が毛に塗り込まれていないことを確かめるためだ。

相手のリングへの入場を待つ間、ブルータスはトレーナーから興奮が満ちあふれているのを嗅ぎ取った。男の顔にはせせら笑うような表情がずっと浮かんでいて、かすかに歯が見えている。

フェンスの向こう側から別の男がリングに近づいてきた。ブルータスは鼻をすするような調子の声とその体から漂う強い怯えから、この人物が誰なのかわかった。この男が犬だとしたら、しっぽを垂れて「くーん」と情けない声をあげていることだろう。

「こいつには大金を賭けているんだ」そう言いながら男はリングに近づき、ブルータスをじろじろ見た。

「だから?」トレーナーが応じた。

「ゴンザレスの犬を見てきたところだ。まったく、あんたは気が変になっちまったのか？あの化け物にはブルマスティフの血が半分混じっているぞ」

トレーナーが肩をすくめた。「そうだな。だが、あいつは片目がよく見えない。ブルータスはあいつを倒す。少なくとも、優位に試合を進めるはずだ」再び鎖が強く引っ張られた。

男はフェンスの向こうで落ち着きなく体を動かし、顔を近づけた。「ここでは八百長絡みの話が動いているのか?」

「ふざけるな。俺には八百長なんて必要ない」

「だけど、あんたは前に相手の犬を所有していたじゃないか。あの片目のやつを」

トレーナーが顔をしかめた。「ああ、確かにそうだ。二年ほど前にゴンザレスに売った。あの犬が生き延びられるとは思わなかったんでね。片目をつぶされたし、病気にも感染しちまったし。あのヒスパニック野郎にケタミン二瓶で売ったのさ。今までの取引で最大の失敗だったな。あいつのおかげでゴンザレスのやつは大儲けってわけさ。それ以来ずっと、あの男には痛い目に遭わされてきた。だが、今日は仕返しをしてやる」

鎖を引っ張られたため、ブルータスはつま先立ちの体勢になった。

「この試合には負けるんじゃないぞ。さもないと、俺たちが小屋でまたバーベキューを楽しむことになるからな」

ブルータスはその言葉の裏にある脅しを感じ取った。すべてを理解できたわけではなかったが、意図は伝わる。〈負けるな〉この二年の間に、負けた犬たちが頭を銃で撃ち抜かれたり、自分の鎖で絞め殺されたり、リング上でずたずたに引き裂かれるがままにされたりするのを目の当たりにしてきた。去年の夏のこと、一頭のブルテリアがトレーナーのふくらはぎに嚙みついたことがあった。その犬は試合に負けた直後で興奮していたせいで、飛びかかってしまったのだ。その後、飼育場に戻ったブルテリアは許してもらおうとして甘えるような鳴き声をあげたが、トレーナーは犬にガソリンをかけて火をつけた。炎に包まれたブルテリアは激しく吠え、小屋やフェンスにぶつかりながら敷地内を走り回った。その場にいた男たちは腹を抱えて大笑いしていた。

その間、小屋の中の犬たちは鳴き声一つあげずにじっと見守っていた。

自分たちの命を左右するものが何か、全員がわかっていた。

絶対に負けてはならない。

ようやく背の高い痩せた男がリングの真ん中に立った。男が片方の腕を高く掲げる。「犬は中央のラインのところに！」

向かい側のゲートが開くと、大きな生き物がリングに悠然と入ってきた。その後ろから半ば引きずられるようについてくるのは小柄ながらも太ったセコンドで、顔には大きな笑みを浮かべ、カウボーイハットをかぶっている。だが、ブルータスの注意は相手の犬に向けられていた。マスティフの体は筋肉の壁のようだ。耳があるはずの場所には小さな突起だけしか残っていない。しっぽもない。足先で砂をしっかりと踏みしめ、中央のラインに近づいてくる。

前に進む間も、大型犬は頭を傾け、片方の目でリングの様子をうかがっている。もう一方の目があるはずの場所は傷跡がこぶのように盛り上がっているだけだ。

リングの中央にいる男が砂の上に引かれた二本のラインを指差した。「位置について！さあ、これが今夜の最後の試合。お待ちかねの対戦だ。またしても二頭のチャンピオンが相まみえる！　ブルータス対カエサル！」

観客の間から笑い声と歓声が湧き起こった。客席の板を踏みしめる足音が鳴り響く。

けれども、ブルータスの耳に残ったのは相手の名前だけだった。

〈カエサル〉

不意に全身が震える。骨を揺さぶるような衝撃が走る。どうにかその場に踏みとどまりながら、向かい側の相手を見つめる——ブルータスは思い出した。


「カエサル！　さっさとこっちに来い！　腹が減っていないのか？」

ベニーは午前中の太陽の光を浴びて見知らぬ男の手にぶら下がっていた。首根っこを指でつかまれていて、初めて見る敷地の真ん中にいる。ベニーは甲高い鳴き声をあげ、下の地面に小便を漏らした。フェンスの奥にほかの犬の姿が見える。においからほかにももっと多くの犬がいるとわかる。姉は自分たちを家から盗み出した男のうちの一人の腕に抱えられていた。姉が大きな声で吠える。

「そのメスを静かにさせろ。あいつの気が散るじゃないか」

「こんなのは見たくないな」そう言いながらも、男は姉の鼻先を手で押さえつけた。

「おいおい、ちゃんとタマがくっついているのか？　何のためにおまえに百ドル払ったと思っているんだ？　犬だって食べなきゃならない、そうだろう？」もう一人の男はベニーの首を持つ指先に力を加え、激しく揺さぶった。「こいつが餌というわけだ」

敷地の奥の暗がりから別の男の声が聞こえた。「なあ、ジュース！　今度のそりの重さはどれくらいにする？」

「煉瓦十五個分といこうか」

「十五だって？」

「来週の試合に備えて、カエサルにはたっぷり筋肉を付けてもらわないといけないからな」

重い何かがぶつかる音と、こすれ合う音が聞こえた。

「さあ、彼のお出ましだ」姿の見えない男が呼びかけた。「腹ペコに違いない！」

暗がりから化け物が現れた。ベニーはそれまでこんなに大きな犬を見たことがなかった。馬鹿でかい犬は胸に巻き付けたハーネスを引きちぎらんばかりの力強さだ。口の端から幾筋ものよだれを垂らしている。犬は濃い茶色の地面に爪を食い込ませ、体を前に進めていた。その後ろにはスチール製の滑走部を持つそりがあり、ハーネスとつながっている。そりには石の塊が山積みになっていた。

ベニーをつかんでいる男が喉の奥で笑い声をあげた。「そりゃあ腹を空かせているさ！　二日間、餌をもらえなかったんだから」

ベニーは恐怖でさらに小便を漏らした。化け物の視線はベニーから動かない。その目には激しい空腹感がありありと浮かんでいる。口から太いよだれが流れ落ちる。

「さっさと動けよ、カエサル！　朝飯が欲しいんだろ？」

ベニーを持つ男が一歩後ずさりした。

大きな犬はハーネスを体に食い込ませながら、さらに力を込めてそりを引っ張った。長い舌を垂らし、興奮で口から泡を吹いている。はあはあと息をしながら、低いうなり声をあげる。骨をかじるような耳障りな音とともに、そりが地面の上をゆっくりと動く。

小さな胸の中でベニーの心臓の鼓動が大きくなった。もがきながら逃げようとするものの、男の手がしっかりとつかんでいるので思うように体が動かない……それとも、化け物ににらまれているせいなのか。相手が近づいてくる。ベニーは訴えかけるような鳴き声をあげた。

時が引き延ばされ、恐怖という名の一本の細い線と化す。

化け物が一歩、また一歩と近づいてくる。

ようやく男が満足した様子で鼻を鳴らした。「それくらいでいいだろう！　あいつを自由にしろ！」

別の男が暗がりから走り出て、革製のリードを強く引っ張った。体からハーネスが外れたかと思うと、化け物のような犬はよだれをまき散らし、飛び跳ねるように敷地内を横切り始めた。

男が腕を後ろに引いてから、ベニーを前方に放り投げた。子犬の体は宙を舞い、回転しながら飛んでいく。あまりの怖さに鳴き声すら出ない。空中でくるくると回るベニーの目は、地上の化け物が自分を追って勢いよく走るのをとらえた――それと同時に、姉の姿も。ジューニーを抱えていた男は、見たくないと思ったのか顔をそむけようとした。そのはずみで押さえつけている力が弱まったらしく、姉が手の間から鼻先を突き出した。そして男の親指に思い切り嚙みつく。

次の瞬間、ベニーは地面に落下し、敷地内を転がった。落下の衝撃で息ができなくなる。自分よりもはるかに大きな犬が突進してくるのを、横たわったまま呆然と見つめることしかできない。恐怖に怯えながらも、ベニーは自分が持つ唯一の優位に頼った――スピードだ。

くるりと回って体を起こすと、左にさっと身をかわす。大きな犬はそれに合わせて向きを変えることができず、地面を滑りながらさっきまでベニーがいたところを通り過ぎていく。ベニーは敷地内を逃げた。もっとスピードを出そうと、おなかにくっつきそうになるほど後ろ足を引き上げ、勢いをつけて懸命に地面を蹴る。後方から化け物の激しい息づかいが聞こえる。

そりと地面の狭い隙間に潜り込んで、そこに隠れれば……

けれども、ベニーはその場所のことをよく知らなかった。片方の前足が雑草の間にあったタイルの破片につまずき、バランスを崩す。ベニーは前につんのめり、地面の上を転がった。脇腹が下になった姿勢でどうにか止まったが、巨大な犬は猛然と迫ってくる。

ベニーはひるんだ。最後の手段として、仰向けの体勢になって小便を漏らし、降参の意思を示す。だが、相手には通じなかった。開いた口の中には黄ばんだ鋭い歯が並んでいる。

その時、飛びかかろうとしていた化け物が不意に動きを止め、驚いたような甲高い鳴き声をあげた。その巨体が反転すると、ベニーは相手のしっぽに何かがくっついていることに気づいた。

ジューニーだった。捕まえていた男の手から逃れると、いつもの奇襲で化け物を攻撃したのだ。巨大な犬は何度か体を振るが、ジューニーはしっぽに食らいついたまま離れない。これはふざけ半分の甘噛みではない。鋭い歯を深く食い込ませているに違いない。化け物はジューニーを振りほどこうとするものの、姉の体が大きく揺さぶられるたびに、大きな犬のしっぽから毛と皮がむしり取られていくばかりだ。

地面に血が飛び散る。

しかし、ジューニーも化け物の馬鹿力にはかなわなかった。しっぽから離れた体が飛んでいく。口のまわりは血だらけだ。化け物はその後を追い、地面に落下した姉を踏みつけた。巨体の陰になっていたため、ベニーには見えなかった——けれども、音は聞こえた。

ジューニーの大きな悲鳴、それに続いて骨の砕ける音。

〈やめろ！〉

ベニーは素早く起き上がり、化け物を目がけて走った。計画などなかった――あるのは燃えるような激しい怒りだけ。化け物に向かってひたすら突き進む。食いちぎられた足が目に入った。骨が飛び出ている。化け物は姉をくわえ、大きく揺さぶった。姉の体がそれに合わせて力なく動く。真っ赤な血が飛び散り、巨大な犬の口からもよだれまじりの血があふれた。

その光景を見た瞬間、ベニーは真っ暗な闇に落ちていった。その深みからは二度と戻ることはできないと知りながらも。ベニーは化け物に飛びかかり、相手の顔に襲いかかった。爪を立て、噛みつき、えぐり、姉を離せと化け物に伝える。

だが、ベニーは体が小さすぎた。

がっしりとした頭の一振りで、ベニーははじき飛ばされた――その先にあったのは、血と、怒りと、絶望にまみれた生涯。

カエサルを見つめるうちに、すべてがよみがえってきた。過去と現在が重なり合い、深紅のぼやけた世界として一体化する。自分でも気づかないうちに、ブルータスはリングの中央のラインの手前に立っていた。だが、ラインのところにいるのは誰なのか？

　ブルータスなのか、それともベニーなのか？

　姉を無残に殺された後、ベニーは残酷な死を免れることができた。トレーナーが気の強さに感心したからだ。〈こいつは本物のブルータスだな。単独でカエサルに挑むとは！　それにすばしっこい。あの機敏な動きを見ただろう。餌にしちまうのは惜しい犬かもしれない〉

　一方、カエサルにはこの短い戦いの後につらい運命が待ち構えていた。攻撃中にブルータスの後ろ足の爪が大きな犬のまぶたを切り裂き、左目を傷つけていたのだ。その目を失明したばかりか、ジューニーに嚙みつかれたしっぽの傷も膿(う)んでしまった。トレーナーは斧(おの)でしっぽを切り落とし、切断面を燃やした木片で消毒しようと試みた。だが、目としっぽの傷は悪化する一方だった。それから一週間、カエサルの小屋からは膿(うみ)と腐った皮膚のにおいが漂い続けた。ハエが黒い塊となって飛び交っていた。その後、カウボーイハットをかぶった見知らぬ男が手押し車とともにやってくると、トレーナーと握手を交わし、すっかり弱ってうめき声をあげるカエサルに口輪をはめ、どこかに運び去っていった。

　誰もがカエサルは助からないと思った。

その予想は間違っていた。

二頭の犬は砂の上に記されたラインの手前で向かい合った。カエサルは対戦相手が誰なのかわかっていないようだ。残った片方の目から気づいた様子はうかがえない。そこに見えるのは血に飢えた激しい怒りだけだ。化け物は砂に前足を食い込ませ、鎖を激しく引っ張っている。

ブルータスは後ろ足に力を込めて身構えた。昔の怒りが全身の血を高ぶらせる。歪んだ口元から漏れる長いうなり声は、骨の髄から発している音だ。

痩せた長身の男が両腕を高く上げた。「犬の準備はいいな？」男が後ずさりしながら両腕を下ろす。「試合開始！」

パチンという音とともに、二頭は鎖から解き放たれた。犬が互いに飛びかかる。獰猛(どうもう)なうなり声と飛び散る唾液(だえき)の中で、体が激しくぶつかり合う。

ブルータスはカエサルにとって死角となる側から攻撃を仕掛けた。食らいつく場所を求めて、こぶ状になった耳に嚙みつく。軟骨が裂け、舌の上に血があふれる。だが、突起が小さすぎたため、長くつかまっていることはできなかった。

今度はカエサルがその重い体を生かして体当たりを食らわせ、ブルータスを転がした。肩に牙が深く食い込む。ブルータスは相手の重量で身動きが取れなくなった。カエサルはブルータスをくわえたまま体ごと持ち上げ、砂に叩きつけた。

だが、今でも動きはブルータスの方が敏捷(びんしょう)だった。もがいたり体をひねったりするうちに、自分のおなかに相手の腹が乗っかった格好になる。後ろ足を突き上げて腹部に強烈なキックをお見舞いすると、肩をくわえていた相手の口が離れる。自由の身になると、ブルータスは相手の喉笛を狙った。だが、同時にカエサルも上からブルータスに嚙みつこうとした。鼻先を突き合わせ、相手を引き裂こうとする。ブルータスは下から、カエサルは上から。

周囲に血が飛び散る。

ブルータスは再び蹴りを入れ、相手のやわらかい腹部を爪で深くえぐった——すぐさま顔を持ち上げ、相手の顎に食らいつく。そこを支えにしながらキックを繰り出して体をよじり、敵の巨体の下から逃れる。ブルータスは相手の死角となる左側に回り込んだ。

一瞬ブルータスを見失ったカエサルは、逆の向きに身をよじった。体の左側ががら空きになる。ブルータスは左の後ろ足を攻めた。太腿（ふともも）の裏側のたっぷりの肉に深く嚙みつき、顎の筋肉の力を振り絞って食いちぎろうとする。力任せに引っ張り、頭を左右に振る。

そんなむき出しの怒りの中、ブルータスの頭にもはや動かなくなった小さな体がよみがえった。血まみれの顎に挟みつけられ、揺さぶられてぼろぼろになった姉の姿。視界が真っ暗闇に包まれる。ブルータスは全身を——筋肉と骨と血を使って、相手を引きちぎり、切り裂こうとした。カエサルの後ろ足の裏側の太い靱帯（じんたい）が足首から剝（は）がれた。

カエサルが吠えたが、ブルータスはしっかりと嚙みついたまま二本の後ろ足で体を支えて立ち上がった。相手の体を裏返しにして地面に叩きつける。ようやく化け物の足を離すと、ひっくり返った相手の腹の上に飛び乗った。がら空きの喉笛を狙い、しっかりと嚙みつく。牙が深々と突き刺さる。首を振り、肉を裂き、うなり声をあげ、さらに深く食い込ませる。

真っ暗闇の奥で笛の音が鳴り響いた。試合を止め、それぞれのコーナーに戻れという合図だ。セコンド役のトレーナーが駆け寄ってきた。

「離せ!」トレーナーがわめき、首輪の後ろをつかんだ。

ブルータスには歓声が聞こえていた。命令も理解できた。それでも、すべてがはるか遠くのことのように感じられる。ブルータスは闘犬という深みの底にはまっていた。

熱い血が口の中を満たし、喉の奥に流れ込み、砂に滴り落ちる。下にいるカエサルが身をよじった。怒りのうなり声が哀れみを帯びた鳴き声に変わる。けれども、ブルータスの耳に訴えは届かなかった。血が全身のうつろな部分に流れ込み、それを満たそうとするが、満たし切れない。

何かがブルータスの肩を打ちつけた。繰り返し、何度も。トレーナーの木製のバットだ。それでもなお、ブルータスは相手の喉笛に食らいついたまま、離そうとしなかった。ずっと深みにはまったまま、離すことができなかった。

背中を叩くバットが砕け散る。

その時、騒音の間から新たな物音が聞こえてきた。切迫感を伴った鋭い笛の音がいくつも鳴り響き、甲高いサイレンの音も伴っている。暗闇を切り裂いてまばゆい光が入り込む。叫び声が続き、それとともに強い調子の要請の言葉が響きわたる。

「警察だ！　全員、その場にひざまずけ！　両手は頭の上に！」

ようやくブルータスは傷だらけの口を相手の犬の喉笛から離した。カエサルは砂の上に横たわっていて、血だまりの中でまったく動かない。ブルータスは顔を上げ、周囲の混乱した状況に目を向けた。観客席で人々が逃げ惑っている。犬が鳴き声をあげ、遠吠えを響かせている。ヘルメットをかぶって透明の盾を手にしたいくつもの黒い人影が、大きな円を作って砂の試合場を取り囲んでいる。開け放たれた倉庫の扉の向こうには、夜の闇を照らす何台もの車が見える。

警戒しながらも、ブルータスは死んだ犬のそばから動かなかった。

殺したことに対する喜びはない。ただ、強い無力感があるだけ。

トレーナーがすぐ隣に立っていた。その口からは怒りの言葉がとめどもなくあふれ出ている。トレーナーは折れたバットの破片を砂に投げつけた。ブルータスに向かって腕が伸びる。

「俺が離せと言ったら、すぐに離せ、この間抜けなくそ犬が！」

ブルータスは自分の方を指し示す腕をぼんやりと見つめた。続いて相手の顔を。その表情から、ブルータスはトレーナーの目に何が映っているのかがわかった。自分の全身からあふれ出ているものが見えているのだとわかった。ブルータスは砂に覆われたこの闘犬場よりもずっと深い何かにはまっていた。その深みからは二度と逃れることはできない。痛みと熱い血から成る地獄も同然の場所からは。

男は目を見開き、一歩後ずさりした。ブルータスが忍び寄る。もはやただの犬ではない。怒りと憎しみでできた生き物。

何の予告もなく――うなり声をあげることも、歯をむき出すこともなく、ブルータスはトレーナーに飛びかかった。男の腕に食らいつく。子犬たちを餌として持っていたその腕に。砂でできたリングにいる本当の化け物の腕に。暗闇から恐怖を呼び起こし、犬に闘争の炎を焚(た)きつけてきた男の腕に。

歯が青白い手首に食い込んだ。上下の顎で挟みつける。その力で骨がきしみ、砕ける。

男が悲鳴をあげた。

ブルータスは狭まりゆく視界の端で、ヘルメット姿の人影が駆け寄ってくるのを見つめた。腕が前に突き出される。黒い拳銃が向けられている。

銃口から閃光(せんこう)が走る。

次の瞬間、目のくらむような熱い痛みが広がる。

そしてようやく、再び真っ暗闇に包まれた。

ブルータスは犬小屋の冷たいコンクリートの床の上で横になっていた。頭を左右の前足の上に置き、フェンス状のゲートの向こうを眺める。天井から吊るされたワイヤーフレームの電球の光が、白漆喰を塗ったコンクリートの壁やいくつも並んだ犬小屋を照らし出している。ほかの犬たちが歩き回る音や、たまに響く鳴き声や遠吠えに、ブルータスはほとんど関心を払わなかった。

後ろにある小さな扉はフェンスで囲まれた屋外の飼育場につながっている。ブルータスが外に出ることはめったになかった。影の中にいる方が落ち着くからだ。食いちぎられそうになった鼻先は糸と医療用ステープラーで縫合してあるが、水を飲もうとすると今でも痛む。食べ物は一口も食べていない。扉の向こうから差し込む太陽の光の動きから判断する限りでは、ここに来てから五日になる。

時々、様子を見るために人が訪れては、扉に吊るされている木の板に何かを書き込んでいる。白衣を着た男たちが一日に二回やってきて、先端に輪縄の付いた長い鉄製の棒でブルータスを壁に押さえつけてから注射を打つ。そのたびにブルータスはうなり声をあげ、噛みつこうとした。怒りからではなく、いらだちのせいだ。放っておいてほしいだけなのに。

闘犬場でのあの夜の後、目が覚めたらここにいた。

けれども、自分の一部はまだあの中にとどまったままだった。

〈どうして今も生きているのだろう?〉

ブルータスは拳銃を知っていた。そのぞっとするような形状や大きさも、オイルの強い香りも、硝煙の独特のにおいも。これまでに犬が撃たれるのを何度となく目にしてきた。あっさり殺される犬もいたし、もてあそばれながら殺される犬もいた。けれども、闘犬場で拳銃が火を噴いた時には、筋肉がよじれ、背中が反り返るような衝撃を受けた。

自分は生き延びた。

何よりもそれが理由で、ブルータスは怒りが収まらなかったし、すっかり嫌気がさしていた。

ゴム底の靴がこすれる音に、ブルータスは注意を向けた。顔を上げたりはしない。目線をかすかに動かすだけだ。注射の時間にしてはまだ早すぎる。

「その犬ならあそこですよ」声が聞こえた。「ついさっき、動物管理局は今日の午前中にすべての犬を安楽死させる承認を判事から受けたばかりなんです。この犬もそのリストに載っています。トレーナーから引き離すのにテーザーを使わなければならなかったという話ですから、あまり期待をかけない方がいいですよ」

ブルータスが見ている前で、三人が彼の犬小屋の前に立った。一人は前にジッパーの付いたグレーの作業着姿だ。その人物からは消毒剤とタバコのにおいがする。

「ここです。運のいいことに、スキャンしたらペット用のマイクロチップが見つかりましてね。あなた方の住所と電話番号のデータを取り出せたんです。お宅の庭から何者かに盗まれたというわけなんですね？」

ブルータスは片方の耳をそばだてた。

「二年前のことです」背の高い男性が答えた。黒い靴にスーツという格好だ。

ブルータスは片方の耳をそばだてた。声にはどことなく聞き覚えがある。

「そいつらが彼と姉を連れ去ったのです」男性は話を続けている。「激しい雷雨に怯えて逃げてしまったのだろうと思っていたのですが」

ブルータスは顔を上げた。男の子が一人、二人の男性を押しのけて前に出ると、ゲートに歩み寄った。ブルータスは男の子と目を合わせた。少し大人になり、背が伸び、手足も前よりひょろっとしているが、そのにおいは昔とちっとも変わっていない。薄暗い犬小屋の中を見つめるうちに、男の子の小さな顔に浮かんでいた希望の光は消え失せ、恐怖に取って代わった。

驚きのせいなのか、少年の声は上ずっていた。「ベニー？」

あまりの衝撃と信じられない思いから、ブルータスは腹這いの姿勢になった。低い警告のうなり声を発しながら、じりじりと後ずさりする。ブルータスは思い出したくなかった……特にこれだけは望んでいなかった。あまりにも残酷すぎる。

男の子は肩越しに長身の男性を振り返った。「ベニーだ。そうだよね、パパ」

「そうだと思う」腕が前に伸びる。「右の耳の白い特徴が残っている」その声からは恐怖がはっきりと感じ取れる。「だが、あいつらは彼に何をしたというんだ?」

作業着姿の男性が首を左右に振った。「虐待したんですよ。化け物に変えたということです」

「回復の望みはあるんですか?」

職員の男性は再び首を左右に振り、木の板を指差した。「ここではすべての犬を行動学者に検査してもらっています。先生の診断では、救済不能とのことですね」

「でもパパ、ベニーなんだよ……」

ブルータスは小屋の隅っこで、影の中のできるだけ奥深くで、体を小さく丸めた。その名前がまるで鞭で打たれたかのような痛みをもたらす。

職員が作業着のポケットからペンを取り出した。「あなた方は今でも法的にはこの犬の飼い主で、闘犬の一味とは一切関わりがないのですから、我々はそちらのサインがなければ処分できません」

「パパ……」

「ジェイソン、私たちがベニーを飼っていたのは二カ月だけだった。彼らは二年間も所有していたんだぞ」

「でも、まだベニーだよ。僕にはわかる。試してみることはできないの？」

作業着姿の男性は腕組みをすると、声を落として注意を促した。「この犬は行動が予測できないし、恐ろしく力が強い。まずい組み合わせなんです。トレーナーにも襲いかかりましたからね。手を切断しなければならなくなったとか」

「ジェイソン……」

「わかっているよ。気をつけるから、パパ。約束する。でも、彼にもチャンスを与えてあげてもいいよね、そうでしょ？」

父親がため息をついた。「どうだろうか」

男の子が床に膝を突き、ブルータスと目線を合わせた。ブルータスは顔をそむけたかったが、できなかった。見つめ合ううちに、とっくに記憶から消したはずの過去に戻っていく。ホットドッグをつかんだ指、緑色の芝生での追いかけっこ、いつまでも続く晴れわたった日々。ブルータスはそのすべてを追いやった。あまりにも心が苦しい。罪悪感で胸が痛い。自分にはそんな記憶すらもふさわしくない。深みの中にそんな記憶のための場所はない。

低いうなり声がブルータスの胸を震わせた。

それでも男の子はフェンスを握り締め、向かい側にいる化け物と向き合った。世の中を知らないからこその、若いからこその、素直な自信をもって断言する。

「それでもやっぱりベニーだ。きっとまだあの中にいる」

ブルータスは顔をそむけ、同じように強く確信しながら目を閉じた。

〈それは間違っている〉


ブルータスは裏のポーチで眠っていた。三カ月が経過し、縫合用の糸と針は不要になった。食べ物に含まれていた薬も徐々に減っていった。その間、ブルータスと一家は不穏な休戦に入っていて、冷ややかな膠着（こうちゃく）状態を続けていた。

毎晩のように、特に葉が茶色になって木々の下に積もり、早朝には芝生に霜が下りる季節になると、家族はブルータスをなだめながら家の中に入れようとした。けれども、ブルータスはポーチから動こうとしなかった。ぼろぼろのブランケットに覆われた古いソファーにも近づかなかった。ブルータスはすべてのものから距離を置いていた。体を触られると今でもびくっとするし、食べる時にうなり声が出るのを抑えることもできなかった。

でも、もう口輪をはめられることはなくなった。

家族は犬が心を閉ざしてしまったのだとあきらめたのかもしれない。だからブルータスは一日中、庭を眺めて過ごした。体を動かすのは、迷い込んだリスがふわふわのしっぽを見せつけるかのように柵に沿って走り抜ける時、耳をぴんと立てることくらいだ。

裏口の扉が開き、男の子がポーチに出てきた。ブルータスは起き上がり、後ずさりした。

「ベニー、本当に中に入りたくないのかい？　キッチンに君のためのベッドを用意してあるよ」男の子が開け放たれた扉を指差した。「中は暖かいよ。それにほら、ごちそうがあるんだ」

男の子が手を差し出したが、ブルータスはすでにその前からベーコンのにおいを嗅ぎ取っていた。カリカリに焼いた脂からまだ湯気が出ている。ブルータスは顔をそむけた。訓練場にいた男たちも餌でブルータスの気を引こうとした。けれども、姉の一件の後、ブルータスはどれほど空腹であろうと見向きもしなかった。

ブルータスはポーチから庭に下りる階段に向かい、その手前で横になった。男の子もついてくると、少し間を開けてその隣に座った。

ブルータスはそれを許した。

一人と一頭はそのまま長い間、じっと座っていた。ベーコンは男の子が握ったままだ。ようやく男の子は自分でベーコンをかじった。「じゃあね、ベニー。僕は宿題があるんだ」

男の子は立ち上がろうとして動きを止めると、用心しながら手を伸ばして頭をなでようとした。ブルータスはうなり声こそあげなかったものの、全身の毛を逆立てた。警告に気づくと、男の子は肩を落とし、手を引っ込めて立ち上がった。

「わかったよ。明日の朝にまた会おうね、べニー」

ブルータスは男の子が立ち去るのを目で追わなかったが、扉が閉まる音はしっかりと聞き届けた。自分だけになったことに満足すると、頭を左右の前足の上に置く。ブルータスは庭に目を向けた。

すでに月が昇っていた。満月が夜空に明るく輝いている。星が瞬いている。夜を迎えた家の中での物音に耳を傾ける。居間からかすかに聞こえるテレビの音。二階から呼ぶ男の子の声。それにこたえる母親の声。

ふと気づくと、ブルータスは体をこわばらせて四本の足で立っていた。なぜ立ち上がったのか、自分でもよくわからない。そのままぴたりと動きを止める。動かすのは左右の耳だけだ。

玄関の方からノックの音が聞こえた。

こんな夜中に。

「ちょっとお待ちください」母親が声をあげた。

ブルータスは体を反転させ、ポーチの古いソファーに走り寄り、キッチンの大きな窓から屋内の様子がうかがえる高さまでよじのぼった。薄暗い廊下と、その先にある明かりのついた玄関を見通すことができる。

母親が向かい側の扉に向かい、引き開ける。

隙間が三十センチもできないうちに、扉が勢いよく押し開けられた。扉にぶつかって母親が倒れる。二人の男が建物内に侵入してきた。黒っぽい服を着ていて、顔には覆面をかぶっている。三人目の男が開け放たれた扉のそばで見張りに就く。最初に入ってきた男は廊下を歩き、床に倒れた母親に大きな拳銃の銃口を向けた。もう一人は左側を向き、ダイニングルームに拳銃の狙いを定めた。

「動くな！」ダイニングルームの方を向いている男が叫んだ。

ブルータスの体に緊張が走った。あの声を知っている。耳障りで冷酷なあの声を知っている。一瞬のうちにブルータスの心臓は早鐘を打ち、逆立った全身の毛が怒りに震えた。

「ママ？　パパ？」二階から男の子が呼びかけた。

「ジェイソン！」ダイニングルームにいる父親が答えた。「上にいろ！」

リーダーと思しき男がそちら側に足を踏み出した。手に持った拳銃を前に突き出す。

「おっさん、大人しく座ってな！」

「何が望みだ？」

再び拳銃が前に動いた。「なあ、俺の犬はどこだ？」

「あなたの犬？」床に倒れたままの母親が訊ねた。その声は恐怖に震えている。

「ブルータスだよ！」男がわめいた。男がもう片方の腕を持ち上げると、手首から先がなくなっている。「あの犬にはちょっとした仕返しをしてやらないと……その対象にはあいつの世話をしている人間も含まれるのさ！　俺たちとしては昔ながらのバーベキューを楽しもうと考えているところなんでね」男は玄関の扉のところにいる見張りを振り返った。「何をぐずぐずしているんだ？　さっさとガソリンを持ってこい！」

命令された男は外に姿を消した。

ブルータスは再びポーチに下り、手すりまで後ずさりした。左右の後ろ足に力を込める。

「なあ、俺のあの忌々しい犬はどこにいるんだ？　おまえが飼っていることは知ってるんだよ！」

ブルータスはありったけの力を振り絞って疾走した。ソファーの手前でジャンプして飛び越える。頭頂部から窓に突っ込むとガラスが粉々に砕ける。部屋に飛び込み、キッチンに着地する。ガラスの破片が落下するよりも早く、前足は床をとらえていた。かけらが格子模様のリノリウムの床を滑って音を立てる中、走り続ける。

廊下の先では、一人目の襲撃者が物音に気づいて顔を向けようとした。けれども、反応が遅すぎた。ブルータスは廊下を飛ぶように走り、低い姿勢で突っ込んだ。男の足首に嚙みついて腱を引きちぎり、そのまま走り抜けて男をひっくり返す。男は廊下のクルミ材のテーブルの角に頭をぶつけ、床に体を強く打ちつけた。

ブルータスの目は玄関側のポーチにいる男の姿をとらえた。大きな赤い容器を二つ抱えていて、足を前に踏み出そうとした姿勢のまま動きが止まっている。相手はブルータスが自分を目がけて向かってきていることに気づいた。男は目を大きく見開き、容器を落とすと、体を反転させて逃げていった。

一発の銃声がとどろいた。狭い屋内に轟音が鳴り響く。ブルータスは片方の前足に何かが命中するのを感じた。足の骨が砕けたが、ブルータスはすでにジャンプして宙を飛んでいた。その先にいるのは片方の手がない男。かつてのトレーナーで闘犬場のセコンドだった男。ブルータスは全体重をかけて相手に突っ込んだ。男の胸に頭突きを食らわす。ブルータスの重さと勢いで男の体が浮き上がり、そのまま後ろ向きに倒れていく。

二発目の銃声がとどろいた。

熱い何かがブルータスの耳をかすめたかと思うと、天井から漆喰の破片が降り注いだ。

一人と一頭は硬材の床に倒れた。男が仰向けにひっくり返り、ブルータスが馬乗りになった格好だ。男の指から拳銃が離れ、ダイニングルームの椅子の下を滑っていく。

トレーナーは足で蹴って押しのけようとしたが、ブルータスへの教えが上手すぎたようだ。ブルータスは男の膝をかわした。うなり声をあげながら男の喉を狙う。男は片手で耳をつかもうとしたが、ブルータスは過去の戦いで耳の突き出た部分をほとんど失っていた。耳が男の手から抜けると同時に、ブルータスは相手の首のやわらかい部分に嚙みついた。牙が食い込んでいく。このままいけば確実に殺せる。

その時、後ろから叫び声が聞こえた。「ベニー！　やめろ！」

視界の端に映ったのはダイニングテーブルの脇にうずくまる父親の姿だった。落ちた拳銃を手にしていて、ブルータスに向けている。

「ベニー！　だめだ！　彼を離せ！」

深みという名の暗闇の中から、ベニーは父親に向かってうなり返した。獲物の首を挟みつける力が強まるのに合わせて、血が流れ出る。ブルータスは離すことを拒んだ。下敷きになったトレーナーは悲鳴をあげ、喉から苦しげな音を漏らしている。闇雲に繰り出したパンチが当たったが、ブルータスは上下の顎の締め付けを強めた。さらに大量の血が流れ出る。

「ベニー、今すぐ彼を離せ！」

恐怖に怯えた甲高い声が響いた。階段の方からだ。「やめて、パパ！」

「ジェイソン、彼に人を殺させるわけにはいかない」

「ベニー！」男の子が金切り声をあげた。「お願い、ベニー！」

ブルータスは呼びかけを無視した。自分はベニーではない。自分の本当の居場所は、いつも行き着く先は、闘犬場という名の深みなのだ。視界が狭まって暗闇に包まれる中、ベニーはその真っ暗で底なしの深みの奥深くに向かって、トレーナーを道連れにして落ちていくに任せた。逃れることができないのはわかっている。それにこの男を逃がすわけにもいかない。

　今こそすべてを終わらせるのだ。

　けれども、深みにはまりながら暗闇に沈んでいくブルータスを何かが押しとどめた。何かが落下を食い止めている。そんなことはありえない。後ろには誰もいないはずなのに、何かが引っ張るのをはっきりと感じる。しっぽを引っ張られている。強く押さえつけるその力が、ブルータスを深みの縁からゆっくりと引き戻した。絶望の合間を縫うように、だんだんと理解が広がっていく。ブルータスはその感触に覚えがあった。自分の心臓と同じくらいに身近な存在。実在する強さではないにもかかわらず、それがブルータスを打ちのめし、ばらばらに打ち砕いた。

　ブルータスはその引っ張る力を思い出した。はるか昔の、彼女ならではの奇襲。

　彼を守るための。

　いつも守ってくれた。

　今も。

　そして、これからもずっと。

〈だめだよ、ベニー……〉

「だめだよ、ベニー！」男の子の声が重なる。

　二つの声がはっきりと聞こえた。自分を愛してくれた存在の声が、過去と現在の境目をかすませる――それは血と暗闇の力ではなく、太陽とぬくもりの力。

もう一度だけ恐怖を振り払うと、深みに背を向ける。口を開き、男の上半身から下りる。足の震えが止まらない。

すぐ隣では黒い覆面をかぶったままのトレーナーが苦しそうに咳き込んでいる。銃を手にした父親が男に歩み寄った。

片方の前足の自由が利かないまま、残った三本の足でその場を離れる。

後ろから足音が近づいてきた。男の子がすぐ隣に現れ、肩に手のひらを置いた。その手を離そうとはしない。怖がってはいない。

体を震わせてから、男の子に寄りかかる。安心を求めていたから。

そして、それを得ることができた。

「いい子だ、ベニー、いい子だ」

男の子はひざまずき、両腕を回してハグした。

ようやく……ベニーはそれを受け入れた。

タッカー&ケインの新たな冒険

セドナの幻日

ジェームズ・ロリンズ

最後もやはり犬の話に

ここまでの物語はどれも異なるスタイルで発表されてきた。そんな断章を一冊にまとめることは便利で楽しく、同時にそうした物語が誕生した裏話への「無制限のアクセス(unrestricted access)」も提供できたのではないかと思う。

その一方、良心に照らして考えたうえで、この短編集に特別な何かを、これまで発表されていない新しい作品を提供したいという思いもあった。それも単なる「短編」ではなく、「中編小説」を——短編小説と長編小説の中間という曖昧(あいまい)な境界線上に位置する作品を加えたかった。

だが、何を題材にすればいいだろうか?

そこで、ここまで読んでいただいたすべてとつながる作品にしようと決めた。

中編小説『セドナの幻日』は、シグマフォースの世界と関連があると同時に、ユニークなコンビに焦点を当てている。ファンタジーの要素があり、『ブルータスの戦場』と同じく、犬の視点から書かれた部分もある。

中心となるキャラクターのタッカー・ウェイン大尉と軍用犬のケインは、短編『タッカーの相棒』でデビューし、シグマフォース・シリーズの『ギルドの系譜』のほか、タッカー＆ケイン・シリーズの『黙示録の種子』『チューリングの遺産』の二作品にも登場している。

当然ながら、このコンビは私の心の中でも特別な位置を占めている。

だが、彼らはどのようにして誕生したのか？

『ブルータスの戦場』を書いたことがきっかけになったのは間違いない。読者の皆さんを闘犬場の戦士というユニークな世界にいざなうことができたのは楽しかった。ただ、当時はそれ一回きりだと考えていた——ところが、二〇一〇年の冬にイラクとクウェートを回るユナイテッド・サービス・オーガニゼーション（USO：米軍兵士とその家族の福利厚生のために活動する非営利団体）のツアーに参加したことで、考えが変わった。

戦場で活動する男性たちや女性たちと会い、彼らの日々の生活の厳しさを目の当たりにし、負傷者を病院に見舞うことができたのは貴重な経験だった。しかし、その時には軍用犬とそのハンドラーが、訓練したり、活動したり——さらには一緒に楽しく遊んだりする姿を見ることもできた。そんなとてもユニークな戦闘チームの姿に、一人と一頭の絆を何とか文字にして、世界中の人たちと分かち合いたいと考えた。

アメリカに帰国後、私はラックランド空軍基地を訪れ、軍用犬のハンドラーやトレーナーに話を聞くとともに、四本足の兵士とそれを支える人たちについて、より詳しく知ることができた。

その後、私はそんなコンビのことを長編小説と短編小説の両方で書いてきた。これから紹介する中編小説は、これまでの知識を総動員して、タッカーとケインについてのもう一つの物語を書こうという試みだ。それは悲しみが決して消えることはなく、犠牲が決して忘れられることもないという物語でもある。

それが『セドナの幻日』だ。

＊幻日……太陽と同じ高度の少し離れた場所に光が見える大気光学現象。英語ではsun dogという。

主な登場人物

タッカー・ウェイン……………元アメリカ陸軍レンジャー部隊の大尉
ケイン……………………………軍用犬
ペインター・クロウ……………米国国防総省の秘密特殊部隊シグマの司令官
アビゲイル（アビー）・パイク…米国の地質学者
ジャクソン・キー………………米国の大学教授。アビゲイルの祖父

1

四月二十二日　午前五時五十分
アリゾナ州ソノラ砂漠

一発の銃声とともに夜が明けた。

タッカー・ウェインは発砲音が砂漠に拡散して小さくなるよりも先に、寝袋から飛び出していた。ボクサーパンツ一枚の格好で立ち、砂と茂みから数百メートルの高さにまで突き出た赤っぽい岩山に反響する銃声に耳を傾ける。アメリカ陸軍レンジャー部隊の隊員として、アリゾナ州の砂漠よりもはるかに危険な砂の世界で何年間も任務に就いていたので、眠っている時でも片目と片耳は常に警戒を怠らずにいるようなものだ。

早朝の涼しさに震えながら、タッカーは感覚を研ぎ澄まし、銃声の聞こえた方角を特定しようと試みた。ハナビシソウの芳香が漂う。昨夜の焚き火の燃えさしから一筋の煙が昇っている。渓谷を吹き抜ける風の冷気が肌を刺す。

タッカーは頭をゆっくりと動かし、発砲地点を突き止めた。

〈北西の方角……距離は一・五キロから三キロ〉

現在の危険と自らの過去の残響のせいで、心臓の鼓動は激しいままだ。過去の戦闘はタッカーの体に深く刻み込まれて決して消えることはなく、そのせいで神経が常に張り詰めた状態にあるため、ほんのわずかでも脅威の気配を察知すれば、それが現実のものであろうと気のせいであろうと彼の全身を激しく揺さぶり、パニック状態の一歩手前という警戒態勢に追い込む。

しかも、それはタッカーだけではなかった。

ケインも彼の膝に寄り添うように立っていた。体重三十キロという相棒は引き締まった筋肉を石のようにかたくこわばらせ、しっぽをぴんと高く上げ、左右の耳も真っ直ぐに伸ばしている。ケインはマリノアというベルジアン・シェパードの犬種で、その強い忠誠心と知性からしばしば軍用犬として使用される。何度も戦地に赴いては生き延びてきたことで、タッカーとケインはどんなリードよりも太い絆で結ばれており、言葉や手による合図を超えて互いの心を読むことができるようになった。軍を除隊になった後、タッカーはケインを引き取った。今や一人と一頭は切り離すことのできないチームとなっている。

タッカーは手を下に伸ばし、首筋のブラックタンの体毛をさすってやった。指先が古い傷跡に触れ、自らの体の傷に思いを馳せる。すぐ目につく傷もあれば、上手に隠した傷もある。

今この瞬間も、タッカーは過去と現実の区別がうまくできずにいた。古い記憶が一気にあふれ出る。ケインとは一心同体の関係にあり、いわば自由に動く右腕のような存在だが、かつてのタッカーには左腕もいた。

周囲を見つめるうちに、別の砂漠の風景が重なり合う。燃える油のにおいが不意に鼻孔(びこう)を満たし、振り下ろされるナイフのきらめきが視界をよぎり、負傷した仲間たちの悲鳴が耳にこだまする。視界が暗くなり、赤い岩の上に横たわる黒っぽい毛の生き物が浮かび上がる。

ケインの弟。

〈アベル……〉

新たな銃声がつらい記憶を撃ち砕き、タッカーを現在に引き戻した。低い姿勢でうずくまる。銃声は気のせいではない。戦いに明け暮れた過去が生み出した空想の産物ではない。現実の世界の音だ。

〈しかも、とても落ち着いてはいられない近さだ〉

三発目の銃声で、武器は猟銃やショットガンではなさそうだというさっきからの予感が確信に変わった。あれは拳銃の音で、両腕の毛が逆立つような感覚に襲われている理由の一つはそこにある。

〈砂漠での狩りに拳銃を使うやつなどいるだろうか？〉

タッカーは誰かが射撃の練習をしているのかもしれないと、無理やり理由を当てはめようとした。だが、野営地はセドナから約六十キロの地点で、どの道路からも距離があり、タッカーがレンタルしたジープのような4WDの乗り物でなければたどり着くことができない。そこまでしてビールの空き缶や岩を狙っての射撃ごっこをするだろうか？

タッカーは目を閉じ、寝袋から飛び出す直前の出来事を振り返った。一発目の銃声とともにかすかな悲鳴が聞こえなかったか？　こんなにも神経が張り詰めているのはそのせいなのか？　それとも、悲鳴はただの幻聴で、過去の亡霊の叫び声なのだろうか？

すぐ隣でケインがうなり始めたが、自分たちの存在を明かすまいとして声は出さない。警戒を表す唯一の印は、脚にもたれかかるケインの肋骨(ろっこつ)から伝わる低い反響音だけだ。

その時、タッカーにも聞こえた。砂を強く踏みしめる音、もろい枝を必死に踏み砕く音。タッカーが音の方を向くと、地面を滑るように走る小さな何かが視界に飛び込んできた。別の犬で、斑点模様と艶(つや)のある体に茶色の頭部から、ジャーマン・ショートヘアード・ポインターだとわかる。犬は砂漠を疾走し、タッカーたちの野営地を目指している。鋭い嗅覚(きゅうかく)で居場所を察知し、唯一の人間のにおいに向かって走っているのだろう。

〈だが、どうして？〉

タッカーは地面に片膝を突くと、ケインにも隣に伏せるよう合図を送り、相手をなるべく怯(おび)えさせずに迎えることにした。

ショートヘアード・ポインターは野営地に近づいて速度を落とすと、数メートルの距離を置き、それ以上は用心して近づこうとしない。短いしっぽを垂らしたまま、向きを二回変え、落ち着かない様子でSの字を描くように歩く。タッカーとケインのもとに行きたいのだが、安心を必要としている。

タッカーはそれを与えた。

「大丈夫だよ」優しく声をかける。「ここではみんなが友達だ」

歓迎の意をはっきり伝えるために、タッカーは無言でケインに合図を送った。全身を毛に覆われたチームメイトは千の単語を知っているし、百種類以上の手の動きも理解する。タッカーは小指を突き出し、空中で一回転させて円を描いた。

〈仲よくしろ〉

ケインはすぐさま指示に従い、尻全体を動かすような勢いでしっぽを激しく振ると同時に、喜びいっぱいに歓迎を示したやわらかい鳴き声をあげた。

ショートヘアード・ポインターはそれでもなお、警戒を緩めずにしばらくためらい、激しい息づかいで琥珀(こはく)色の目を大きく見開いていたが、やがて少しだけ姿勢を落とした。短いしっぽを垂らしたまま、目に見えない境界線を越えて野営地内に入ってきた。

「そうだ、いい子だ」タッカーは相手を安心させた。

ショートへアード・ポインターは数十センチのところまで近づき、いったん動きを止めると、タッカーたちに勢いよく飛びついた。隣にやってくるとすぐに座り、体をぶるぶると震わせながら悲しげな鳴き声をあげている。

ケインが新しい仲間のにおいを嗅ぐ一方で、タッカーは犬の胸と首をさすり、ここは安全だと伝えた。赤い首輪と青銅製の名札を確認する。

タッカーはそこに刻まれた名前を読み上げた。「クーパー」

それを聞くと、犬は小さくしっぽを振った。

タッカーは首輪に数十センチほどの革紐がつながっていることに気づいた。

〈リードの一部だ〉

タッカーは短い革紐の先端部分まで指でたどった。嚙んだ跡は残っていない。きれいな切り口になっている。何者かがリードを切断して犬を放ったのだ。もう片方の手で犬の腹部をさすり続けるうちに、温かい濡れた部分があることに気づく。手を引き寄せると、手のひらに赤い液体が付着していた。

血だ。

ざっと調べたところ、傷は見当たらない。

〈つまり、この犬の血ではない〉

銃声が脳裏によみがえる。

〈まずいな〉

これからどうしようかと頭の中で考えを巡らせながら、犬の名札の裏側を調べたタッカーは、セドナの住所、電話番号、さらに別の名前が書いてあることに気づいた。ジャクソン・キー。タッカーは砂漠の彼方を見つめた。今では不気味なまでに静まり返っている。

血は犬の飼い主のものなのだろうか？

タッカーは助けを呼ぶための窮余の策として、人がいるところまでたどり着いてくれることを祈りながら、ペットを逃がす男性の姿を思い浮かべた。タッカーは携帯電話を使って助けようなどとは考えなかった。セドナの中心部ですら、電波は届いたとしてもかなり不安定だった。赤い岩山と鉄分を多く含む土壌に囲まれているここでは、それよりもさらに悪い状態だろう。

だが、タッカーにはほかの通信手段があった。

それを使うかどうかを思案する。これまでずっと一人で動くことを好んできたタッカーは、自分の力だけに頼るやり方が性に合っていた。信頼を置いている人間はほとんどいない。そうした疑念は戦争の恐怖が人間の中に潜む非人間性をあらわにするはるか以前からしみついている。軍隊で過ごした十年間、タッカーは優秀な軍用犬のハンドラーで、エンパシーと呼ばれる共感力のテストで桁外れの数値を記録したことが、訓練対象との絆を築くうえで役立った。

〈その絆が深すぎたのかもしれない〉

軍の精神分析医たちの評価によると、この生まれながらの共感力は幼少期のトラウマのせいらしい。ノースダコタ州で育ったタッカーは、幼い頃に両親を失った。飲酒運転の車にはねられて命を落としたのだ。その後は祖父が面倒を見てくれたが、その祖父もタッカーが十三歳の時に心臓発作で亡くなる。それ以降、タッカーは里親のもとを転々とした。そうした日々を過ごす間、タッカーは生き延びるために他人の心を読むことを学んだ。相手の気持ちを察知し、それに合わせて行動するようになった。そんな混沌（こんとん）として不安定な養育は共感力を高めただけでなく、他人は信用できないという思いを強めることにもつながった。

それでも、タッカーにとって、すべてはもっとはるかに簡単なところに行き着く。ジークムント・フロイトが簡潔な言葉で述べている。〈私は人間よりも動物たちと一緒にいるのを好む。確かに、野生動物は残酷だ。だが、無慈悲であることは教養ある人間の特権だ〉最後の一文への思いは、十年間に及んだ軍隊生活の間に何倍にも強まった。戦場はしばしば人間の最良の部分と最悪の部分を明らかにする。時にはそれらが同時に現れる。タッカーは自分がそれに当てはまらないとは考えていない。

振り下ろされるナイフのきらめきがまたしても脳裏によみがえる。ナイフが一閃（いっせん）するたびに、ケインの弟から命が少しずつ削られていく。

タッカーはその記憶を振り払い、ジープラングラーのもとにたどり着いた。レンタルする時に扉と屋根を外してもらったので、四輪駆動の車には最小限の骨組みだけしか残っていない。荷物は車の後ろに積んである。タッカーは薄汚れたジーンズを手早くはき、半袖のカーキシャツに袖を通した。はき古したティンバーランドのブーツに両足を突っ込んだ時、片側のサイドミラーに映った自分の姿が目に入る。

ミラーの中の見慣れない人物が誰なのかわかるまでに、ひと呼吸の間があった。三十代前半にしては若々しい男性で、ぼさぼさに伸びたダークブロンドの髪、鍛え抜いた筋肉質の体形はアメフトのラインバッカーよりもクォーターバックの方が似合っている。まるでもっと若い頃の自分を見つめているかのような気がした。今の自分はミラーに映るしわ一つない顔よりもはるかに年老いているように感じられる。けれども、サイドミラーから見つめ返す目には見覚えがあった。青みがかった緑色の瞳は、何かに取りつかれたかのような怒りの輝きを放っている。タッカーは服を着ながら、体のあちこちに刻まれた傷跡に目を留めた。肩と太腿(ふともも)には古い銃創がはっきりと残っている。

無意識のうちに、左上腕部にある犬の足跡を模した小さな黒いタトゥーに指先で触れていた。アベルのことを、その犠牲を、ずっと忘れないために彫った印。タッカーは顔をしかめながらジープの後部座席に手を伸ばすと、デザートカーキのウインドブレーカーを取り出してシャツの上に羽織った。タトゥーを隠せばつらさが和らぐとでもいうかのように。

〈そうはならないけどな〉

服を着終わると、タッカーはジープの後部に積んだ装備に注意を移した。荷物のうちの一つから、いちばん下に入れてあったスチール製の箱を取り出す。緊急事態が発生した場合に備えて、常に持ち歩いているものだ。タッカーははあはあと息をするショートヘアード・ポインターと、その体毛にこびりついた乾きかけの血を見つめた。

〈今はそうした状況に当てはまる〉

タッカーは留め金を外し、ふたを開いた。中に入っていたのは黒のデザートイーグル一挺(ちょう)と、44口径のマグナム弾を装填(そうてん)した弾倉が二つ。タッカーは弾倉の一方を拳銃に装着し、武器をジーンズの背中側に突っ込んだ。続いて同じ箱から小型の衛星電話を取り出す。電話機には最新鋭の軍事技術がふんだんに使用されている。この機器は過去に手を貸したことのあるDARPA(国防高等研究計画局)の秘密実戦部隊、シグマフォースからの贈り物だ。

〈今は彼らのバックアップが役に立つ……たとえ離れた場所からであろうとも〉

タッカーはバッテリーパックを電話機に取り付け、コードを入力してからジープのしっかりとしたフェンダーの上に置いた。暗号のかかった通信がワシントンDCのシグマ司令部につながるのを待つ間、長いロープを使ってショートヘアード・ポインターをジープの牽引(けんいん)用フックにつなぐ。これだけの長さがあれば野営地の近くを流れる冷たい小川まで行けるし、ジープの高い車体の下の日陰で暑さをしのげる。

　衛星電話の回線がつながると、スピーカーから小さな声が聞こえた。「ウェイン大尉か？」

　タッカーは衛星電話を手に取り、耳元に近づけた。「クロウ司令官ですね」

　ペインター・クロウはシグマフォースのボスだ。タッカーはナショナルモールのスミソニアン・キャッスル地下にあるオフィスで椅子に腰掛けている相手を思い浮かべた。

「どんな用件かな？」司令官が訊ねた。

　タッカーはクーパーを一瞥した。ショートへアード・ポインターは小川の岸まで行き、落ち着かない様子で水をふたなめした。「私の代わりに犬の面倒を見てもらいたいんですが」

「喜んで。だが、君はアリゾナ州のど真ん中からかけてきているようだ。隊員にペットフードを持たせてすぐにそこまで派遣できるかどうか」

　通話で居場所が割れてしまったことを悟り、タッカーは空を見上げた。だから普段は電話のバッテリーを取り外し、スチール製の箱の中にしまってあるのだ。自分の現在地をたどられない方がありがたい。しかし、これから向かうことになる場所を――さらには戻ってこられない可能性もあることを考えると、ジープにつながれたままのクーパーがゆっくりと飢え死にするような事態は避けなければならない。

〈過去には俺の見ている前で一頭の犬を失った〉

その数を増やすわけにはいかなかった。

「これからあまり気が進まない場所に乗り込もうとしているところです」タッカーは説明した。「一時間以内に俺から改めて連絡がなかったら、この場所に助けを派遣してほしいんです」

「トラブルに巻き込まれているのなら、セドナの当局に支援を要請することも可能だ。三十分あればそっちにヘリコプターを送り込める」

タッカーはクーパーと腹部の濃い赤の血痕を見つめた。

すでに手遅れなのではないかという嫌な予感がする。

だが、今も誰かが危険にさらされていて、銃口を突きつけられた状態にある場合、この砂漠の僻地にヘリコプターが騒々しく乗り込んできたら、人質は即座に殺害されてしまう可能性もある。

「今はまだ待ってほしい」タッカーは銃声と血の付着した犬の出現について、ペインターにおおまかな説明をした。「そちらが援軍を要請する前に、静かに調査する時間を一時間だけください」

「わかった。だが、君が犬の首輪で見つけたジャクソン・キーという名前だが」

「それが何か？」

「おそらくドクター・ジャクソン・キーに違いない」

タッカーは驚きで目を丸くする前に何とかこらえた。シグマの膨大な情報網を利用すれば、司令官が一分にも満たない時間で犬の飼い主を突き止めることなどたやすいはずだ。

「専門はホリスティック・ミニストリーで、セドナ大学とヤバパイ・カレッジで教えている。略歴によると生まれてからずっとその地域に住んでいて、先祖も何世代も前からそこで暮らしており、ヤバパイとホピというそのあたりの先住民の部族の血を引いている」

〈つまり、ここの砂漠に詳しい人物ということか〉

「君が銃声について調べている間に」ペインターが続けた。「こちらはドクター・キーに関してほかに何か情報がないか、探ってみる」

タッカーは通話を終え、電話をサイレントモードに切り替えると、上着の内ポケットにしまった。服装と装備の準備を終えると、相棒の同じ準備を手伝う。ジープの後部からK9ストームのタクティカルベストを取り出し、ケインの前足を通す。防水加工とケブラーによる補強が施されているベストを着せていると、ケインの心臓が高鳴り、筋肉が興奮で震えるのを感じた。ケインもこれから任務が始まるとわかっていて、毛深い仲間から秘密兵器の戦士に変貌を遂げようとしている。

タッカーはケインの耳をつかんだりさすったりしながら、触れ合うことで身体的な絆を作った。タッカーが前で膝を突くと、ケインがじっと目をのぞき込み、そのつながりをより深めていく。タッカーは顔を近づけ、自分が犬に対して要求していることを、他人を救うためにその身を危険にさらすように求めていることを意識しつつ、昔からずっと続けているしきたりにならって鼻先で相手の鼻先に触れた。

「仲よしは誰だ?」タッカーは親友にささやきかけた。

ケインがタッカーの鼻をぺろっとなめる。

〈そうだ、おまえだよ〉

タッカーは顔を離し、ベストの襟元の生地に手を伸ばした。そこに隠れていたカメラを立て、ワイヤレスのイヤホンをケインの左耳に挿し込む。これらの装備により、一人と一頭は常に目と耳で互いに連絡を取り合うことができる。

機器をテストするために、タッカーはカメラのレンズの向きをケインの肩越しにのぞき込むような角度に合わせ、電源を入れた。続いてDARPAが開発した感光性ゴーグルをかける。ゴーグルの側面のボタンを押すと、レンズの内側の隅にケインのカメラからのライブ映像が表示された。低い位置から撮影したピニョンマツと岩が映っている。

最後にワイヤレスの送信機を口の中に入れ、奥歯の裏側にセットした。「モーラーマイク」の通称を持つこの装置は、アフガニスタンでの任務に就く兵士たちも使用した最新技術だ。超小型の無線機のおかげで戦場の兵士たちはささやき声でもコミュニケーションを取ることが可能になり、仲間からの通信は骨伝導によって受信者の顎(あご)から耳に直接届く。

「準備はいいか、相棒?」タッカーは通信状態を確認するため小声で言った。

ケインが顔を向け、しっぽを二回振った。相棒は興奮を抑え切れずに目を輝かせていて、これから何が始まろうとしているのかを察し、行動を起こしたくてうずうずしている。

タッカーは立ち上がり、クーパーがここに来る時に通ったルートに移動した。砂に残る足跡を指差してから、開けた砂漠の方を指し示す。「追跡」の命令を発するより先に、指示を予期していたケインは動き始めていた。

タッカーは砂漠の先に向かって進むケインの後を追った。走りながら、自分の目とケインのカメラからゴーグルに送られてくる映像の両方で周囲の地形を観察する。最初の数呼吸は意味を成さないばらばらの映像に思えた——だが、すぐに目が慣れてくる。相棒の視点による上下動の激しい低木と岩の映像が、自らの目を通した視界と融合する。ケインの息づかいが骨を通して頭部に伝わり、自らの呼吸と一体化する。砂を踏みしめる靴音までもがケインの足音と同じ軽やかなリズムを刻む。そんな時が止まったような瞬間、彼らは一つになり、行動と意図の完璧なハーモニーを奏でる。

彼らの間のこの絆はどんな訓練を経て得たものよりも深く、どんなハイテク機器を用いた意思の疎通でも及ばない。

これは血によって結ばれたつながりだ。

タッカーとケインはどちらも生き残りで、負傷や傷跡によって互いの心が一つにつながった。そこには喪失と悲しみもあったが、喜びと交流もあった。けれども、今もなお、タッカーは一緒に走るもう一つの足音を感じていた。砂漠で彼らを追いかける亡霊が、忘れないでほしいと訴えかけている。

〈絶対に忘れるものか〉タッカーは誓った。〈絶対に〉

色あせかけたピンク色のベニコウガンの花畑を縫い、赤や紫の花を咲かせたハリネズミサボテンやウチワサボテンを迂回(うかい)して疾走する。タッカーの目は砂に残る足跡や低木の折れた枝を追い続ける。どれもパニックに陥ったショートヘアード・ポインターがたどった道筋を表している。

赤い岩がむき出しになったところでは足跡を見失うが、ケインの五感ははるかに鋭敏で、目に見えない臭跡から決して外れることはない。

深い絆で結ばれている一方で、タッカーはこの能力をうらやましく思った。

確かにうらやましい……だが、同じ力が欲しいとまでは思わない。

ケインは空気中に絡み合ういくつものにおいを解きほぐしながら、一本の糸をたどって前に進み続ける。視覚でとらえられないものは嗅覚が補い、幾重にも層を成して時間を過去にさかのぼったり、または現在に戻ったりしつつ、周囲に古い足跡の枠組みを構築する。

さらに多くのにおいを取り込み、湿った舌、喉の奥深く、鼻腔で感じ取る。

糞の強い悪臭……

ウサギによる尿のマーキングの鼻につんと来るにおい……

花粉の芳香……

近くの小川から漂うかすかな湿り気……

走りながら、どんなかすかな物音も聞き逃さない。岩の間を抜ける風のうなり、自らが立てる足音、枝と枝のこすれる音。

周囲の世界をにおいと音で彩りながら、風の変化を上に向けた鼻先で感じ取る。前方からこちらに向かって吹いている。新しいにおいが押し寄せるのを受け入れる。それとともに、不快な流れがやってくる……汗と体のすえたにおい。

人間だ。

二人。

走る速度を落とす。

息づかいの音を意識して抑える。

近づいてくる二人組の動きを耳で追う。鼻が男たちの体臭の間に漂う油と古い煙のにおいを嗅ぎ取る。そのにおいに潜む脅威に全身の毛が逆立つ。

ケインは銃を知っている――においで、香りで、音で、銃を知っている。

ケインは動きを止め、地面に腹這(ば)いの姿勢になり、鼻を前に向け、仲間に合図を送る。

メッセージが伝わる。

トラブルがやってくる。

2

午前六時四分

アビゲイル・パイクは体を震わせながら、残り火の消えかけたキャンプファイアーの向かい側に座る祖父から視線をそらさずにいた。左側に横たわる死体と、朝の冷たい砂漠の上で湯気を立てる濃い色の血だまりは見ないように努める。銃声のせいでまだ耳鳴りがする。同じ銃口の熱を右耳に感じる。

「もう一度、繰り返すとしようじゃないか、ドクター・キー」すぐ隣にいる銃を持つ男が、祖父をにらみつけながら口を開いた。「次はここにいるアビーだからな。このじじいはどこで例の岩を発見した？」

目を向けまいとしていたにもかかわらず、アビーはヤバパイ＝プレスコット族の年配の探鉱者、ブロッキー・オロの死体をちらりと見た。この短気な老人のことは子供の頃から知っていて、ずっと「オロおじさん」と呼んでいた。二十年間にわたって、忘れ去られた銀山や、失われた黄金郷、砂漠の奥地の道なき荒野に隠された財宝の果てしない捜索などについての彼の話を聞いてきた。キャンプファイアーを囲みながらのそんな物語の影響もいくらかあって、彼女はコロラド大学で地質学の学位を取得し、オロおじさんの捜索をもっと科学的な角度から続けるようになった。

〈そのせいでこんな結果に〉

アビーはこぶだらけの丸太の上に座っていて、左右の手首は背中側で結束バンドによって縛られていた。祖父も同じように拘束されている。祖父の隣に座るもう一人の人質の中年男性――セドナ大学の物理学者のドクター・ハーマン・ランドンも同様だった。

一行の野営地が襲撃されたのは夜明け間近のことだ。盗賊たちはみんながまだ各自のテントや寝袋の中にいる間に襲ってきた。唯一の予兆は外にいたクーパーの吠える声だった。ショートヘアード・ポインターはウサギを追いかけて砂漠に迷い込んでしまわないようにと、砂に打ち込んだ杭に長いリードでつないであった。その時はクーパーが待ち望んでいた獲物を見つけたのだろうと思い、祖父は静かにするよう犬に対して大声で怒鳴った。

〈クーパーの警告に耳を傾けてさえいたら……〉

そうしていたとしても、結果は同じだったかもしれない。黒い拳銃やセミオートマチックライフルで武装した六人の盗賊団はあっと言う間に襲いかかってきた。アビーたちが拘束された後、ベージュ色のフォード・ブロンコが一台、砂漠から姿を現すと、祖父のおんぼろジープの隣に停まった。ブロンコから降りてきた二人も盗賊の仲間だった。そのうちの一人は一味のリーダーで、部下たちからは「ホーク」と呼ばれている。

　ネイティブアメリカン風の名前だが、盗賊団の誰一人として祖父やアビーと共通の血を引いているようには見えなかった。一味は全員が同じような身なりをしている。薄汚いジーンズ、しみの付いたTシャツの上に裾を出したフランネルのシャツ、トラック運転手がかぶるような帽子やキャップ。アビーはその手の連中を何年も前から目にしていた。アリゾナ州内のバーや酒場の人目につかない片隅に入り浸り、絶望と行き場のない怒りばかりの厳しい生活を送る男たち。何人かが落ち着かない様子で体を小刻みに揺すっていて、歯にも汚れが付いているのは、この襲撃に備えて覚醒剤で気持ちを高揚させている明らかな証拠だった。

　祖父たちとともにテントから引きずり出された時、アビーはこの一団から漂う危険な雰囲気を察知した。だが、祖父は気づかなかった——無理やり気づかされるまでは。先週オロおじさんが見つけた拳大のファイアーアゲートの在り処をホークに問い詰められた時、知らないふりをしたのだ。その大きな原石だけでもかなりの価値になるのだが、オロおじさんによると砂漠の奥深くに隠されたはるかに巨大な発見に比べたら、それすらもちっぽけな小石にすぎないという話だった。

〈でも、おじさんが見つけたと言い張っていたのはそれだけじゃなかった……〉

アビーの視線がドクター・ランドンに動いた。

オロおじさんの発見の噂が自分たち以外の人の耳に届いたのは間違いない――それは意外なことではなかった。オロおじさんは残念なことに安いウイスキーに目がなく、バーで飲みながらしゃべるのが何よりも好きだった。そのせいで命を落とすことになってしまったのだ。

オロおじさんがいきなり撃ち殺されるのを見て、祖父はとっさに反応した。ズボンのカーゴポケットに隠してあった飛び出しナイフを使い、クーパーのリードを切断して犬を逃がしたのだ。銃声と飛び散った血のせいですっかりパニック状態に陥っていた犬は、砂漠に向かって走り去った。その罰として、ホークは銃床（じゅうしょう）で祖父の顔を殴りつけ、三人の両手を結束バンドできつく縛ったのだった。

「最後のチャンスだ」拳銃の撃鉄を起こすカチッという重厚な音で、これはおふざけではないと改めて強調してから、ホークは質問した。「例の大きな岩を見つけたのはどこなんだ？」

祖父がすくみ上がった。右目は腫（は）れてふさがってしまっている。「お……教える。だからアビーを傷つけないでくれ」

「教えるだけじゃだめなんだよ」ホークが前に回り込み、拳銃を大きく振った。部下の二人が祖父をつかんで立たせた。「そこまで案内しろ」

砂の上に横たわる血まみれの教訓をすでに学んでいた祖父は、抵抗しようなどとは考えなかった。それでも、男たちに引きずられながら足を止めて振り返り、こんなことに巻き込んでしまってすまないと目でアビーに伝える。銃を突きつけられた祖父は、そのままブロンコのところに連れていかれた。ジープの隣の車の冷えたエンジンからはまだカチカチという音が鳴っていた。

「少しでもおかしな真似をしたら」ホークがその後を追いながら脅した。「まずは科学者を殺す。次は孫娘で楽しませてもらうとするかな――俺たち全員で。それから頭に弾をぶち込んでやる」

祖父が協力を約束する一方で、ドクター・ランドンは怯え切っている様子だ。アビーが見つめている前で、祖父がブロンコの後部座席に押し込まれた。

ホークが火の消えかけたキャンプファイアーの方を振り返った。鳶(とび)色の髪は肩まで届く長さがあって、その上からかぶったアリゾナ・ダイヤモンドバックスの野球帽はつばの部分を逆U字型に折り曲げてあるうえ、顎と頰(ほお)は濃い色の不精ひげに覆われているので、顔がいつも影に包まれているかのように見える。リーダーはキャンプファイアーの傍らに残った二人の部下を指差した。

「ランディ、ボー、おまえたちはこの二人から目を離すな。バックとチェットが戻ってくるまで待つんだ。あいつらに俺たちが向かった場所を教えろ。しばらくしたら無線で連絡を入れる」

男たちの中でもいちばん落ち着きなく体を揺すっていたランディが、何度も大きくうなずいた。「あいつらがあのくそ犬を見つけられなかったら?」

ホークは肩をすくめた。「コヨーテが俺たちの代わりに犬の後始末をしてくれるさ。そうならなかったとしても、誰かが気づいた頃にはとっくにここからおさらばしている」

ボーがくすくすと笑い、「ちげえねえ」と言った。

ホークがブロンコの助手席側に回り込み、前の座席に乗り込んだ。SUVのエンジンがかかる。ブロンコは砂漠の標高が高い方に向きを変え、四つのタイヤで砂と岩をこすりながら走り去った。

アビーは車の行方をしばらく目で追っていたが、ふと気づくとボーが薬でぼろぼろになった歯をむき出し、下卑た笑いを浮かべながらじろじろ見ていた。アビーは顔をそむけ、キャンプファイアーの残り火の向こうを眺めた。ピニョンマツの茂みに消える犬の足跡が見える――その後を追った二人の男たちの、よりはっきりと残った足跡も。

アビーはクーパーが逃げ延びることを祈ると同時に、さらなる期待をかけた。

〈お願いだから、誰か私たちを助けて〉

3

午前六時十分

　タッカーは赤っぽい岩の塊が作り出す長い影の中でうずくまっていた。砂を踏みしめながら隠れ場所に近づきつつある足音が聞こえる。ゴーグルの片隅に表示されたケインのカメラからの映像には、メキシカンゴールドポピーの花が点々と連なる岩だらけの大地を慎重に進む二人の男の姿がとらえられている。前を歩く男は拳銃を手にしている。その後ろに続くもう一人は、肩にアサルトライフルを掛けていた。

　少し前のこと、ケインが接近中の脅威に注意を促してくれたおかげで、タッカーはこの待ち伏せを仕掛ける時間ができた。全身を毛に覆われた相棒も、三十メートルほど前方のがり――雨水で削られた溝の中に身を潜め、指示を待っている。タッカーは二人がケインの脇を通り過ぎ、自分が隠れている赤い岩に近づくまで指示を控えた。

　ケインのカメラから二人の男の会話も送られてくる。ほかには誰もいないと信じ切っているようだ。

「ホークが撃った時、あいつの頭が破裂するのを見たか？」一人があえぐように笑いながら訊ねた。

「ああ、まるで熟れたカボチャみたいに割れたな。あれを見れば、あのじじいも俺たちが本気だとわかっただろうよ。今頃はべらべらしゃべっているに違いない。それにあの孫娘をじっくり見たかよ？」

「もちろん。あれこそまさに熟れたカボチャという感じだな」

再び下品な笑い声が聞こえた。「さっさとあの忌々しい犬を見つけようぜ」

二人は歩き続け、ケインが隠れている位置に差しかかった。今の短い会話から、タッカーは十分な情報を入手した。相手が人を殺すことなど何とも思っていない連中だということも。正体こそわからないものの、この悪党どもはすでに誰かを殺し、少なくともあと二人を人質に取っている。そのことを知り、タッカーは殺傷力のある武器の使用をためらう必要はなくなったと感じた。そう思いつつも、心臓の鼓動が大きくなる中、デザートイーグルをホルスターにしまう。こいつらの仲間を警戒させないためには、静かに事を進める必要がある。

二人目の男がケインの位置を通り過ぎてから、タッカーはサブヴォーカライズの手法で無線に指示を出した。「静かに。制圧」

ゴーグルの画面上で、ケインのカメラによって低い位置から撮影された砂漠の低木の映像がすっと動いた。カメラには高感度の音声機能が備わっているにもかかわらず、タッカーには追跡中の二人の男たちとの距離を詰めようと急ぐケインからの音がまったく聞こえなかった。タッカーはかたい岩場に着地するケインの足と、獲物に接近を知らせまいと低木をよけながら突き進む艶のある体を思い浮かべた。

最後の瞬間に、ケインが低いうなり声をあげる。

意図的に出した声だ。

物音に驚き、ケインのターゲットが振り返った——その目に飛び込んできたのは、飛びかかる大型犬の姿だ。ケインは相手の胸に体当たりを食らわし、男を仰向け（あおむけ）にひっくり返した。

タッカーもすでに行動を開始していた。岩陰から転がり出ると、前を歩いていた男からほんの数歩しか離れていないところで立ち上がる。銃を持った男は騒ぎに気を取られ、タッカーに背を向けていた。

一方、ケインはすでに上下の顎で獲物の喉に食らいついていた。気管を挟みつけ、牙はやわらかい肉に深く食い込んでいる。男が手足をばたつかせた。ライフルは背中の下敷きになっている。男をしっかりと押さえつけるケインは、まるで暴れ牛を乗りこなしているかのようだ。

タッカーのターゲットは不意打ちとケインの獰猛な攻撃に驚き、一瞬その動きが止まった。ようやく拳銃を構えてケインに銃口を向けた時には、タッカーが襲いかかっていた。タッカーは相手の喉に腕を巻き付けた。驚いた男は拳銃を手放し、タッカーの腕をつかもうとした。タッカーは相手の体を持ち上げて振り回すと、さっきまで自分が隠れていた岩の塊に男の頭を叩きつけた。

骨の砕ける心地よい音が響く。

タッカーは動かなくなった男の体を地面に投げ捨て、ケインのもとに駆け寄った。もみ合う一人と一頭のところにたどり着くと、デザートイーグルをホルスターから抜く。仰向けになった男は情けない声をあげていて、喉に嚙みつかれたせいで息が詰まり、顔面が紫色になっている。タッカーは靴で男の頭を横向きにして、頰を砂にこすりつけた。それから拳銃を持ち上げ、銃床を右耳のすぐ後ろに叩きつける。鈍い音とともに骨が折れた。

〈熟れたカボチャをつぶしたみたいだな〉

タッカーは相棒に小声で指示を与えた。「攻撃終了」

ようやくケインが男の首から口を離した。犬は数歩後ずさりしたが、その目はタッカーを凝視したままで、まだ警戒を解いていない。

タッカーは素早くライフルを回収し、ストラップに肩を通した。次に拳銃——九ミリ口径のグロックを拾い上げ、ジーンズの後ろに突っ込む。二人に猿ぐつわを嚙ませて、手足を縛るのにどのくらいの時間を要するか考えたが、どうせしばらくは目を覚まさないだろうし、たとえ目を覚ましたとしてもヒーローを気取って仲間を助けに向かおうとは思わないだろう。武器をなくして頭もくらくらした状態では、砂漠に逃げてそのままずらかろうと判断するはずだ。

そのため、タッカーは二人をその場に放置した。

少し前に、遠くからのエンジン音が砂漠のさらに奥へと遠ざかっていくのが聞こえた。それが何を意味するのかはわからないが、人質に残された時間が刻一刻と少なくなりつつあるのではないか、そんな予感がする。

〈まだ生きているならば、の話だが〉

確認するための方法は一つしかない。タッカーはケインに前方の偵察をさせながら、再び歩き始めた。そこから先の道筋をたどるのは容易だった。クーパーを追っていた二人の男は、足跡を隠そうなどとはまったく考えていなかったからだ。

タッカーとケインは一列になって砂漠を足早に進んだ。まだ冷たい朝の空気の中で、再び一つになる。だが、目の前に危険が存在し、そこに意識を集中させる必要があったにもかかわらず、タッカーは過去の亡霊から逃れることができなかった。

アフガニスタンでのあのつらい記憶がフラッシュバックする。雪に覆われたタクル・ガルの山頂から救援ヘリコプターが離陸し、気圧の変化で耳が痛くなる感覚が、またしてもよみがえってくる。タッカーはヘリコプターの機内でケインをしっかりとつかんでいる。どちらも銃撃戦と爆弾の炸裂により血まみれだ。だが、ヘリコプターが山頂から高度を上げる中、タッカーは下にいるアベルから目をそらすことができずにいる。地中に埋められたIED――即席爆発装置が爆発する直前、身を挺してタッカーとケインを守ってくれたのがアベルだった。

それなのに、今はそのアベルを置き去りにしようとしている。

アベルは冷たい山頂を残った三本の足で走りながら、逃げ道を探している。タリバンの戦闘員たちが四方から迫る。タッカーはヘリコプターから飛び降りようと、仲間を助けに向かおうと、扉から身を乗り出す。けれども、同僚の兵士二人が体を押さえつけ、機内に引き戻す。

タッカーはアベルに向かって叫ぶ。その声が聞こえたのか、アベルが立ち止まり、はあはあと息をしながら空を見上げ、タッカーに気づいて目を輝かせる。一人と一頭は最後の瞬間を分かち合い、一つになる。

そして、その絆が永遠に断ち切られる。

今もなお、デザートイーグルを握るタッカーの指に自然と力が加わった。武器の重さとその存在が現在の世界に引き留めてくれる。数年前のこと、ある軍のカウンセラーが見解を示し、タッカーのPTSDの根本原因は「道徳的な傷」として知られる症状にあると述べた。タッカーの中の根本的な善悪の判断が、アフガニスタンでの経験によって激しく揺さぶられたということらしい。その症状は恥、罪悪感、不安、怒りなどの形で現れるほか、行動の変化につながることもあると聞かされた。他人と距離を置く、自分の殻に閉じこもる、といった症例は、タッカーにぴったり当てはまった。近頃の自分の人生の歩みは、再び拠り所を見つけるための現在進行中の試みなのではないか、そんな思いがある。自分が過去にしてきたことを償おうとするのではなく、自分ができなかったことに、自分が救えなかった仲間に償いをしようと試みているのではないだろうか。

あの時は相棒を失ったものの、今は過ちを正すために最善を尽くすつもりでいる。けれども、それをここで行なうためには、気持ちを集中させる必要があった。

緩やかな上り坂を越えると、その先には低地が広がっていた。何世紀にもわたって雨季になると鉄砲水が発生し、その繰り返しによって形成された地形だろう。ケインが窪地の手前で動きを止めた。相棒のカメラの映像で低地の底に野営地があるのを確認したタッカーからの指示に従ってのことだ。かすかに火の残るキャンプファイアーを取り囲むように四つのテントがある。近くには緑色のジープラングラーが停まっていた。

何かが動いたことに気づき、タッカーは窪地の外れの岩場に伏せた。

腹這いの姿勢のまま、細長い双眼鏡を取り出す。丸太に腰掛ける二人の姿がレンズを通して確認できた。後ろ手に縛られている。一人は黒髪の女性で、おそらく二十代の半ば、髪を長いポニーテールにまとめ、ジーンズに長袖のシャツ、その上にフィールドベストという身なりだ。もう一人は白髪交じりの年配男性で、カウボーイブーツをはき、ネイビーブルーのウインドブレーカーを着ている。

タッカーはライフルを手にして人質を見張る二人の男に注意を向けた。すでに始末した二人組とよく似た薄汚れた格好をしている。この二人のほかにも仲間がいるはずだ。窪地の向かい側の縁に双眼鏡を向けて焦点を合わせると、空中に土ぼこりが舞っていて、その先に続いているのが見える。タッカーはさっきエンジン音が聞こえたことを思い出した。土ぼこりの筋をたどった向こうには、ごつごつした赤っぽい岩が連なり、急な断崖がそびえていた。車がどこを目指しているのかはわからないが、その謎の解明はひとまず後回しにしなければならない。タッカーは野営地に注意を戻し、じっくりと観察してから双眼鏡を下ろした。

膝を突いた姿勢になり、ケインの方を向く。下を指差してから手をぐるっと回し、ケインが理解してくれる一連の指示を与える。「回り込め。そのまま待機。俺の合図を待て」

ケインははあと息をしながら、しっぽを一回だけ勢いよく振ると、窪地の縁から下っていった。タッカーはその反対側に向かった。地平線近くの低い位置からの朝の陽光が作り出す影のいちばん濃い部分を選びながら、低地の底に通じる干上がった川床を滑り下りる。奪い取ったライフル――ブッシュマスターのカービンを、両手でしっかり腹部に押さえつけた。

　ほかに武装した男たちがいるとしても、おそらく走り去った車に乗っていると思われる。そうだとすれば、ここでの銃声はその連中まで届かない。〈ちょうどいい〉そのことを考慮して、タッカーは自分が何をしなければならないか、人質を守るためには何が必要なのかを判断した。

　ここでの自分の攻撃は短時間で、かつ残酷なものになるだろう。

　タッカーはケインが姿を消した方角に視線を向け、その考えを修正した。

〈自分たちの攻撃〉

4

午前六時二十分

ビャクシンの丸太に腰掛けたまま、アビーは一匹のサソリが影から影へと移動するのを見つめていた。自分にも同じことができればいいのにと思う。逃げ込む場所を見つけられたら。隠れる場所を見つけられたら。それ以上に、サソリのような毒針があればいいのにとも思う。

アビーは二人の男のうちの一方をにらみつけた。ボーと呼ばれていた男で、まるで品評会の雌牛を値踏みするかのごとく、さっきからアビーのことをなめ回すように見ている。見られていることに気づくと、下卑た笑いを浮かべて——

男の顔が血しぶきと骨の破片と化して消えるとほぼ同時に、銃声がこだました。

もう一人の男のランディが片膝を突き、まるでおまえのせいだと言うかのように、アビーにライフルの銃口を向けた。その動きで男は命拾いをした。二発目の銃弾がランディの頭をかすめ、帽子を吹き飛ばした。

驚いたランディは仰向けにひっくり返ったものの、ライフルはアビーに向けたままだ。男が引き金を引く。それを予期していたアビーは、相手が発砲すると同時に丸太から転がり落ちてその陰に身を隠した。直前まで座っていた場所に銃弾が食い込む。

ランディは片肘を突いて体を起こし、ライフルを構え直してアビーに狙いを定めた。謎の襲撃者に向かって叫ぶ。「出てこい、さもないと――」

左側のピニョンマツの深い茂みから何かが勢いよく飛び出し、瞬く間に距離を詰めたかと思うと、ランディの腕にぶつかる。上下の顎が手首の骨を噛み砕いた。ライフルが宙を舞う。ランディが悲鳴をあげる中、大型犬がその体重と勢いを利用して転がると、ランディの体がぬいぐるみのように振り回される。ランディはキャンプファイアーに顔面から突っ込み、赤い残り火が飛び散った。

反対側のテントの向こう側から低い姿勢で別の何かが走り出てきた。拳銃を構えた男性で、犬のいる方に急いでいる。男性は犬に駆け寄り、強い口調で「離せ」と指示した。犬が手首を離すと、男性はランディの後頭部をあっさりと撃ち抜いた。一発の銃声に合わせて男の体がぴくりと反応したが、それっきりくすぶり続ける火の上で動かなくなった。

見知らぬ人物はうずくまった姿勢のまま拳銃を構えていて、犬はその隣ではあはあと息をしている。その時ようやく、アビーは犬が濃い迷彩柄のベストを着用していることに気づいた。ベストから突き出た短い軸の上にはカメラらしきものが見える。

「二人とも大丈夫か？」男性が訊ねた。

アビーはこの救世主が何者なのかさっぱりわからなかったが、攻撃の激しさに恐怖を覚え、息苦しさを感じていた。先に口を開いたのはドクター・ランドンだった。物理学者もアビーと同じように丸太から飛び下り、その陰に身を隠していた。

「大丈夫……だと思う」ランドンは答え、アビーの方を見た。

アビーは砂の上に転がった姿勢のまま、無言でうなずいた。

「君たちを襲ったほかのやつらはどこにいる？」見知らぬ男性が訊ねた。

アビーは上半身を起こした。ようやく言葉を返せるようになる。「立ち去った。私の祖父を連れて」

男性がアビーの方を向いた。その目はかたいダイヤモンドを思わせ、ダークブロンドの髪はぼさぼさだ。「ドクター・ジャクソン・キーのことか？」

アビーはもう一度うなずいた。〈この人はどうして祖父のことを知っているの？〉それよりもっと重要な質問がある。「あなたは誰？」

「タッカー・ウェインだ」男性が答えた。ベルトの鞘（さや）からダガーナイフを取り出すと、手際よく結束バンドを切断し、アビーたちを自由の身にしてくれた。作業を終えた男性はナイフの先端を仲間の方に向けた。「そしてこの大きな坊やがケインだ」

名前を耳にすると、シェパードはしっぽを二回振った。

ランドンが手首をさすり、広い砂漠の方に目を向けた。「いったい……どうやって私たちを見つけたのだ？」

「ケインが新しい友達を作ったんでね」そう言うと、銃声、クーパーの突然の訪問、巻き込まれた人を捜索するための砂漠の横断について、タッカーがかいつまんで説明した。「出発前、外部の関係者に――俺が信頼する人間なんだが、そこに連絡を入れた。だが、何が起こっているのかを突き止めるまで、応援の派遣は待ってもらっている。このあたりは広大な土地だとはいえ、警察のヘリコプターや回転灯を点滅させた車両の接近は、もしかすると……その……」

言葉が途切れたので、アビーはその先を引き継いだ。「盗賊は私たちを撃ち殺して逃げていたはず」

タッカーがアビーをじっと見つめたまま、ひと呼吸だけ間を置いた。「君たちの方はどういうことなんだ？」タッカーが訊ねた。「どうしてここにいる？　なぜやつらは君たちを狙った？」

「これのため」アビーはバックパックを置いたところに向かった。ジッパーを開け、拳大のファイアーアゲートを取り出す。太陽に向かって掲げると、光がその表面でまばゆく屈折し、燃えるような赤みを帯びた乳白色にきらめいた。「少なく見積もっても数万ドルの価値がある」

「それにブロッキーによると、この塊はほんの一部にすぎないという話だった」ランドンがオロおじさんの死体を指し示した。死体を寝袋で覆ったのはランディだが、そうすれば殺人の罪から免れることができるとでも思ったのだろうか——あるいは、血に誘われたハエが集まってこないようにしただけなのかもしれない。「そこにはこの石のような宝の山が大量に眠っていると主張していた」

アビーは首を左右に振った。「きっとやつらはオロおじさんの話を聞きつけたのよ。だから私たちを襲い、主鉱脈の在り処を教えろと要求した」

まさにその方角に当たる遠くの崩れかけた斜面と尾根の方を見ながら、タッカーがうなずいた。「そしてその場所まで案内させようと、君のおじいさんを拉致した。素直に言うことを聞かせるために、君を人質としてここに残して」

「あいつらにはガイドとして祖父が必要だったということ」アビーは認めた。「私たちがいるのは面積八千平方キロメートルに及ぶ砂漠と岩と断崖が広がる僻地のそのまた外れ。あそこの尾根は深い峡谷と高くそびえる赤い岩山から成る二百五十平方キロメートルの土地の入口に当たる。私たちヤババパイ族がこの地域について話す時は——めったにないことだけれど、『インガヤ・ハラ』と言う。『黒い月』の意味。でも、『悪夢の地』という含みもあるの。簡単に道に迷ってしまうし、鉄砲水、落石、不安定な断崖といった危険もあるから、ぴったりの呼び名ね」

「君の友人がその岩の主鉱脈を発見したと言っていたのはそこなんだな？」タッカーが訊ねた。

「それだけじゃなくて、もっと驚くようなものも見つけたのかも」アビーがつぶやくと、ランドンが「やめておけ」と言うような表情で見た。

　体をかがめてボーの死体を調べるタッカーには、その言葉が聞こえなかったようだ。再び体を起こすと、奪い取った無線機を地質学では「バッドランド」と呼ぶ方角に向けた。

「向こうは油断のならない地形だという話からすると、君のおじいさんを拉致したやつらは、尾根を越えたらその先は歩いて進む必要がありそうだな」

　アビーはうなずいた。

「それならば、やつらに追いつくチャンスは残っている」タッカーが向き直り、ジープを指差した。「あれは君の車か？」

「祖父の」

「キーを持っているか？」

　アビーは眉をひそめた。「サンバイザーのところに置いてある」

　タッカーが車に向かい、その後ろからケインがついていく。「当局に君たちの居場所を伝えておく」タッカーが言った。「だが、君のおじいさんを助け出す最善の策は、その到着をここで待つことじゃない。主鉱脈の場所まで着いたら、おじいさんは――」

「あいつらに殺される」アビーはタッカーの後を追いながら言った。「私も一緒に行く」

ジープまでたどり着いたタッカーが振り返った。「あいつらの追跡ならできる」続いて犬を指差した。「俺たちだけであいつらを追える」

タッカーが扉を開けたが、アビーは手のひらで押し戻して閉めた。「あなた――」言葉を切り、シェパードを指差す。「それとあなたも。どちらも私ほどはこの砂漠について詳しくない。それに経験不足のあなたたちに祖父の命を預けるような危険は冒せない」

タッカーはしばらく黙って見つめた後、背中側に手を伸ばして拳銃を取り出した。それを彼女の方に差し出す。「こいつの扱い方には詳しいか?」

アビーは顔をしかめ、武器を受け取った。「ここはアリゾナだもの」

ランドンも急いでランディの死体に駆け寄り、ライフルを奪うと、二人のもとにやってきた。

タッカーがまず武器を、続いてランドンを見た。

ランドンが武器を高く掲げた。「私は生まれも育ちもアリゾナだ。先祖も三世代前から暮らしている。それに軍のROTC奨学金をもらって大学を卒業した」

それに対してタッカーは肩をすくめただけで、後部座席の扉を開くと、口笛を吹いてシェパードを車に乗せた。「それなら出発だ」

5

午前六時三十二分

　タッカーはジープのハンドルを握って岩がちの地形を突き進んでいた。前方にそびえる断崖に向かって、標高は高くなる一方だ。ウチワサボテンをはじめとするサボテン類や、花を咲かせた野生のニオイムラサキやルピナスが広がる大地を疾走する。

　衛星電話を肩と耳で挟んで支えているのは、上下に激しく揺れるジープを制御するには両手でハンドルをつかむ必要があるからだ。すでにこれまでの経緯はペインター・クロウに伝えてある。「こちらのGPSはわかりますか？」タッカーは訊ねた。

「君が野営地を離れてからずっと追跡している」ペインターが答えた。

〈当然そうだろうな〉

「だったら次の段階に移ってください」タッカーは伝えた。「セドナの地元警察に連絡を入れて、動員をお願いします。ただし、空には何も飛ばさないこと。ドクター・キーの安全を確保してからでないと」

アビゲイルの祖父を無事に取り戻すための最善策が密かに行動することなのは変わりない。人を殺すことなど何とも思っていない連中だから、警察のヘリコプターのローター音が聞こえた瞬間、ドクター・キーの頭に銃弾を撃ち込み、このバッドランドのどこかに姿をくらますはずだ。スピードも重要だった。陸路でやってくる警察を待っている時間はないし、たとえ空から応援が駆けつけたとしても、ここに到着する頃には手遅れだろう。ホークとかいう名の男が率いる盗賊たちとの距離を、主鉱脈が発見されないうちに詰める必要がある。それに間に合わなければ、ジャクソン・キーの命は失われる。

その一方で、危険にさらされているのはタッカーだけではなかった。助手席に座るアビゲイルに視線を向ける。うなずきが返ってきた。ケインとともに後部座席にいるランドンからも、同じ確認の合図があった。

二人とも状況を理解している。

〈今のところ、頼れるのは自分たちだけだ〉

「これからすべてを動員するつもりだ」ペインターが確約した。「空からの支援も含めて」

「しかし、俺はさっき――」

「君の居場所から十五キロ以上の距離を保つようにとの指示を与えてヘリコプターを飛ばす。ドクター・キーの身柄を確保したという連絡が君から入り次第、君の信号の地点まで向かわせる」

タッカーは司令官の戦略に感謝した。ペインターの言う通りだ。目的の達成後、大至急その場を離れる手段が必要になる可能性もある。

「わかりました」タッカーは同意した。

通話を終えると、タッカーはジープの運転に専念した。標高が高くなるにつれて砂漠は姿を消し、あたりは不揃いなビャクシンの森になった。開け放った窓から入ってくる冷たい空気は湿った粘土と砂岩のにおいを含み、そこにマツの芳香が彩を添えている。

迷路のような地形のバッドランドとの境界線を成す断崖までは、まだ十キロほどの距離がある。その先は地元のヤバパイ族にとって神聖な土地であると同時に呪われた土地でもあるという。タッカーは目的地までの時間を使って、ずっと気にかかっている質問を投げかけることにした。

タッカーはアビーの方を見た。「野営地で君は何か言っていたよな。向こうで発見されたのは主鉱脈だけじゃなくて、『もっと驚くようなもの』も見つけたと。あれはどういう意味だ？」

アビーが目を見開いた。聞かれていたことに驚いている様子だ。アビーがランドンの方を振り返った。バックミラーを見たタッカーは、教授が子供を叱るようなしかめっ面を浮かべたことに気づいた。

ランドンが小さく首を左右に振った。「たぶんオロおじさんがおかしな夢でも見たのだろう。日光に当たりすぎたか、それともウイスキーを飲みすぎたか」

アビーはその意見に納得していない様子だった。「そうかもしれない。でも、あなたの検査でも石の異常は確認できたじゃない」

タッカーは我慢の限界に達した。「俺は命を危険にさらしているんだぞ」タッカーは語気を強めた。「それにケインの命も。俺が知っておくべきことがあるのなら、君たちが話していない何かがあるのなら……」

ランドンがため息をつき、上半身を前に乗り出した。激しく揺れるジープの車内で体を支えようと、アビーの座席のヘッドレストをつかんでいる。「君はセドナのボルテックスについてどのくらい知っているかね？」

一瞬、タッカーはその質問に面食らった。車がもろい頁岩と砂の上り坂に差しかかり、タイヤが空回りしそうになる中で懸命にハンドルを握る。「あまり多くは知らない」タッカーは認めた。「セドナのまわりの史跡は不思議な大地のエネルギーが集まる場所だと言われていることくらいだ」

事実、この話題に関してのタッカーの知識は、セドナのある住民から聞いた話に限られていた。昔はバイカーだったというその男性とは、セドナの町中の観光客が集まる通り沿いの店で朝食を取っている時、たまたまカウンターで隣に座り合わせた。大柄でタトゥーだらけのその男性は不思議な迷信を鵜呑みにするようなタイプには見えなかったし、本人もそう断言していた。二十年前にセドナにやってきた時には、その手の主張を「薬でハイになった連中のでたらめな話」として相手にしなかったそうだ。ところが二年前、友人たちと４ＷＤで砂漠の奥深くに出かけ、高い岩がいくつも集まった場所で休憩を取った時、急にその場にいた全員の体がほてり、全身に鳥肌が立ち、頭がくらくらしたという。「あんな風に感じたのはあの時が初めてだった」男性は肩をすくめながら言った。「ありゃ間違いない。あそこには絶対に不思議な何かが存在しているのさ」

ランドンが説明を始めた。「物理学者の私としては、そのようなエネルギーの存在を信じるわけにいかない。エアポートメサ、ベルロック、ボイトンキャニオンのようなセドナのボルテックスと言われる地点は、地球からの謎のエネルギーが交わる場所に当たるという主張も、もちろん信じていない。それでも、この地で生涯の大半を暮らしていると、そうした地点での奇妙な経験にまつわる様々な話を無視できなくなる。手がむずむずするとか、頭の中でブーンと音がするとか、さらには体温の上昇も記録されている。そこで、それらの地点の調査を開始して、そのような報告された現象に科学的な根拠があるのかを確かめようと考えた」

「どれも単なる心因性のものにすぎないように聞こえるけどな」タッカーは言った。「信じたいと思うから感じるというわけさ」

「もちろん、その可能性もある。しかし、疑ってかかっている人でさえも感じているのだよ」

タッカーは元バイカーの男性の話を思い返した。薬でいかれた連中と一緒になって話を広めたがっているようには見えなかった。

アビーが別の観点から意見を延べた。「そういうことに敏感な人なのかもしれない。あるいは、気持ちが弱くなっている時とか。身体的な影響のほかに、多くの人たちが意識の変化を経験しているの。ボルテックスに近づく時には心の平静を保っておかなければならない。怒っていたり、不安だったり、落ち込んでいたりすると、エネルギーがそうした感情を増幅させて、まるで白日夢から目覚められずにいるような状態にまでしてしまう」

「入眠状態だ」ランドンが説明した。「睡眠と覚醒の間の移行期のことで、しばしば奇妙な麻痺(まひ)感覚を伴う」

「ボルテックスでそのような経験をしたと話す人もいる」アビーが補足した。「夢を見ているような状態のまま、身動きが取れなくなったと」

例のバイカーがかつてそうだったように、タッカーもそんな話を笑い飛ばしたかった。けれども、ここでキャンプをしている時、アベルの死をいつになくつらく感じたことを思い出した。押しつぶされそうなまでの罪悪感だけでなく、アフガニスタンの山頂の光景の鮮明なフラッシュバックも経験した。今でさえ、腹部から湧き上がってくる熱さを、胃液と後悔の念が混じり合った感覚を、抑えつけなければならないほどだ。

タッカーは話題を変えたいと思った。変える必要がある。「それはいいとして、今までの話がバッドランドの主鉱脈とどう関係しているんだ？」

ランドンがうなずいて合図を送ると、アビーがバックパックから大きなファイアーアゲートを取り出した。「それが理由だ」ランドンが答えた。

アビーが説明を始めた。「ドクター・ランドンと同じように、私の研究もこの地域のボルテックスが対象だけれど、私はこの一帯の地質を調査することで、そうした地元の言い伝えを解き明かそうとしている。実際のところ、ソノラ砂漠の標高の高いところは構造地質学的にかなり珍しくて、数十本もの断層が交差しているの。ここでは古代の海に堆積した砂岩の上に玄武岩があり、さらにその上を石灰岩が覆っている。そのような様々な地層の浸食速度の違いによって、セドナには高くそびえる岩山やメサ、峡谷が形成されたというわけ。組成の観点から見ると、赤錆のような岩は豊富に含有する酸化鉄であのような色になった。それに加えて、土壌には火山性の結晶が豊富に含まれていて、それらがすさまじい力によってありとあらゆる種類の貴重な鉱物になった。トルコ石、クジャク石、アメシスト、トパーズ、ザクロ石のほか、ダイヤモンドまでも。そのほかに、磁鉄鉱の鉱脈が迷路のように広がっているせいでコンパスがまったく役に立たないところもある。地球上でここみたいな場所はほかにないの。そもそもファイアーアゲートが見つかるのも、こことメキシコの数カ所しかないわけ」

アビーが石を持ち上げた。「しかも、このようなサンプルはほかではどこにも見つからない」

「それはなぜだ？」タッカーは訊ねた。

「ファイアーアゲートは火山活動が最も活発だった第三紀に、板状の石英と酸化鉄が圧縮されて石になったことで形成された。光を屈折させて炎のような独特の見た目をもたらしているのは、石の微細構造がそのように交互の層を成しているから。それらの石は悩める人を落ち着かせる力があるとして、地元の部族に珍重された。まるで真珠層のような宝石の光沢をじっと見つめていると、怒りを静め、緊張を和らげ、心の平穏が生まれると言われていたの」

「だが、その石が非常に珍しい理由は別にある」ランドンが言った。「私の考えていることが正しければ、その宝石の科学的な価値は金銭的な値打ちをはるかに上回る。物理学についての我々の知識をすべて書き換えてしまうかもしれない」

タッカーは二人がようやく話の核心に到達したと察した。「それの何がそんなにも珍しいんだ？」

「なぜなら、それはただのファイアーアゲートではない」ランドンが拳大の石を指差した。「時間結晶なのだ」

6

午前六時四十八分

「今の話がどういう風に聞こえたのかはわかっている」タッカーの顔に浮かんだ信じられないという表情と、息を吐きながら出した鼻で笑うかのような音に気づき、アビーは言った。「私も信じられなかった。でも、最後まで話を聞いてあげて」

タッカーがアビーの手にあるファイアーアゲートを、あまり乗り気ではなさそうに指し示した。「時間結晶だって？　本気か？」

ランドンが説明した。「二〇一二年にＭＩＴのある物理学者が変わった説を提唱した。彼は多くの結晶が同じ結晶化のパターンの繰り返しで形成されていることを指摘した。食卓塩、または雪の結晶がその例だ。それは三次元における構造の繰り返しに当たる。彼が考えたのは、四つ目の次元、すなわち時間において繰り返す結晶を作り出すことは可能かどうかということだった」

「それはつまり、どういうことなんだ？」タッカーが質問した。

「私も同じように思ったの」アビーは認めた。

「MITの物理学者は、原子構造が繰り返し回転する結晶の理論を立てた。左に一回、右に一回というように動いて、永遠にカチカチと時を刻むというものだ。ある種の永久機関のように、閉じたループ内を電子が延々と流れることで、ひとりでに動くのかもしれない。または、外部の電磁力の影響で回転するのかもしれない」

「荒唐無稽な話だな」タッカーがつぶやいた。

「多くの人も同じように考えたのだが、ハーヴァード大学やイェール大学を含めた複数の研究所で時間結晶の生成に成功したことが流れを変えた。軍でも、特にDARPAが中心となって、原子時計を改良する手段として研究を進めている」

「DARPAが？」タッカーがいぶかしげにランドンの顔を見ながら聞き返した。自分にとってその組織は重要な意味があるかのような口ぶりだ。

ランドンがうなずいた。「そうだ」

タッカーの表情から疑いの気持ちが少し消えたように見えた。「話を続けてくれ。そのファイアーアゲートは研究所で作り出された時間結晶と同じだということなのか？」

「自然界で生成された初めての発見かもしれない、ということを除けば」ランドンが自説を展開した。「オロが大きな鉱石をドクター・キーとアビゲイルのところに持ち込んだ時、彼はそのような石がいっぱいに詰まった洞窟の話をした。また、日中はずっと時間の感覚を失い、恐ろしい幻覚を見たという。夜になってどうにか抜け出し、石をかなり離れたところまで運んで、ようやく気分がよくなったそうだ。その話を聞いたアビゲイルが研究室で石を分析したところ、鉱石内の酸化鉄に特有の微小構造が見られることを突き止めた」

「特有というのはどんな点で？」タッカーが訊ねた。

「アゲート内の酸化鉄は」アビーは答えた。「すべてが化学的に見て一つのタイプ――四酸化三鉄だった」

「磁鉄鉱としてよく知られているものだ」ランドンが付け加えた。

「アゲートの酸化鉄が微小結晶のフェリ磁性の層構造になっていることを発見したの」アビーは手のひらの上で石を転がした。「そんなものはそれまで見たこともなかったから、ドクター・ランドンに相談した」

「通常、磁鉄鉱の鉄原子は並びが固定されている」ランドンが言った。「磁石と同じようにN極とS極を作るのだが、このサンプルの原子は正八面体の微小結晶構造内に浮遊していて、電磁パルスが存在すると動くことができる」

「さっき君が言ったように、カチカチと時を刻むわけだな」

「その通りだ」

アビーがランドンと顔を見合わせると、理論を明かしてもいいという許可が出た。「私たちはあのファイアーアゲートが――たぶん、その主鉱脈全部が、オロおじさんの見つけた洞窟内で同じことをしていたんじゃないかと考えているの。途方もなく長い間、回転して時を刻んでいると」

「そこにある未発見のボルテックスがそのためのエネルギーを提供していると考えられる」ランドンが補足した。

「そして採取した石をオロおじさんがその場所の外に持ち出したことで、石の回転が止まり、影響も止まったということ」

「しかし、どんな仕組みで彼に影響を及ぼしたんだ？」

ランドンが可能性を提示した。「磁鉄鉱は岩石の中に見つかるだけでなく、生物の体内にもある。渡り鳥は脳内に磁鉄鉱の粒子を持っているおかげで、地球の磁場に合わせながらかなりの長距離を迷わずに移動できると考えられている」

「それに磁鉄鉱は鳥の中だけにあるわけでもない」アビーは言った。「私たち人間も脳内に粒子を持っているの。前頭葉、後頭葉、頭頂葉、側頭葉の至るところで見つかっていて、それらの部位はいずれも、感覚神経からの電気刺激を私たちが見たり、感じたり、聞いたり、においを嗅いだりする世界に変換しながら、外部の刺激を処理する場所に当たる。私たちの最も基本的な感情を司（つかさど）る脳幹や大脳基底核にさえも、磁鉄鉱の粒子が含まれている」

タッカーが視線を向けた。「つまり、オロおじさんが例の洞窟に入った時、脳内のそうした粒子が活発に動いたと考えているんだな?」

「そのせいで奇妙なことを聞いたり、見たり、感じたりした。脳の回路がショートして一時的な麻痺状態に陥り、入眠状態に閉じ込められたまま、時間の感覚を失ったのかも」

「洞窟内の影響は相当に強い可能性がある」ランドンが警告した。「長い時間を経るうちに、二つの力——時間結晶とボルテックスが古地磁気のフィードバックのループのようなものを形成し、互いにエネルギーを供給しながら強まっているのかもしれない」

「それに関連して思うんだけれど」アビーはタッカーの方を見た。「この近辺のボルテックスに対してほかの人よりも敏感な人がいる理由は、そのことで説明できるんじゃないかと思う。そうした人たちの脳には磁鉄鉱の粒子がより多く含まれているから、地球から発しているその力と波長が合いやすいということ」

「だが、忘れないでもらいたいことは」ランドンの警告で現実に引き戻される。「さっきも言ったように、すべては直射日光とウイスキーが原因の、おかしな夢のせいにすぎないという可能性もある」

タッカーが前方を指差した。「どっちにしても、もうすぐ明らかになりそうだ」

アビーは前に向き直った。前方の斜面の上の、その先にそびえる高さ百メートル以上はあろうかという断崖が作り出す濃い影の中に、ベージュ色のブロンコが停まっている。車には誰も乗っていないようだ。大きな音を響かせてジープが接近しても、誰も飛び出してこない。

それでも、タッカーはビャクシンの木陰にジープを停めた。「ここからは歩きだ」

7

午前七時十七分

デザートイーグルを片手に握り締め、タッカーは低い姿勢でブロンコを目指して走った。アビーとランドンにはビャクシンの木々の間で待ってもらっている。

　ケインは停車したブロンコのまわりを一周し、すでに偵察を終えていた。その後、タッカーは相棒を断崖面にできた狭い峡谷の入口に向かわせ、その手前で見張りに就かせている。ゴーグルに送信されるカメラの映像を通じて、薄暗い峡谷の様子を見ることができる。湧き水を水源とする小さな川が流れていて、その片側は頁岩と草地、もう片方は丈の低いビャクシンの間にオークが点在している。

　タッカーはブロンコまでたどり着くと開いたままの窓から中をのぞき、本当に誰も乗っていないことを確認した。車内でうたた寝をしている見張りがいれば、ケインの低い位置からでは確認できなかった可能性もあるからだ。だが、人の気配はなかった。後部座席にはふたを開けた木箱があった。中に数本のダイナマイトが残っている。その隣では段ボール箱がひっくり返っていて、導火線を巻いた雷管が外に飛び出していた。

タッカーは弾薬が補給できることを、できれば敵から没収したブッシュマスターの予備の弾倉があることを期待していた。アビーに預けたグロック用と思われる九ミリ口径の弾が入った箱は見つかった。タッカーは使えそうなものを奪ってから、ケーバーのコンバットナイフをブロンコの四本のタイヤすべてに突き刺し、敵の移動手段を奪った。

これで十分だと判断すると、アビーとランドンを車に呼び寄せた。

二人が合流すると、タッカーはささやくような声で伝えた。周囲にそびえる赤い岩で音が予想外の反響をするかもしれないからだ。「峡谷に入ったら声を出すな。足音も立てないように。俺が歩いたところに足を置くこと」タッカーは断崖に開いた入口を一瞥した。「ここに見張りが置かれていないことから、盗賊どもは自信を持っているに違いない。問題など起きるはずがないと信じ込んでいる。そう思わせておくんだ」

タッカーが峡谷の方を向き、先頭に立って進もうとした時、ポケットから甲高い音が鳴った。死んだ男の一人から奪った無線機を取り出す。バチバチという雑音が声に変わった。「ボー、ランディ、報告しろ。バックとチェットから何か連絡はあったか?」

タッカーはほかの二人の顔を見た。連絡に対して返事をしなければ、相手は怪しむだろう。仲間の状況を確認しようと、部下を派遣するかもしれない。

アビーが手を振って答えるように合図した。ランドンは肩をすくめただけだ。

タッカーは無線機を顔に近づけた。両目を閉じ、ケインのカメラから聞こえた声を思い出す。鼻にかかったような訛りを真似る一方で、声量を落とし、言葉は短めに、さらには無線機のスケルチボタンを利用してこちら側の声を聞き取りにくくした。

「もう一度頼む」タッカーは応答した。「そっちの声が途切れるんだ、ホーク」

「あの犬に関して、バックまたはチェットから何か連絡はあったのか？」

タッカーは笑い声をあげた。「ああ。やつを捕まえたとさ。撃ち殺したそうだ。銃声が聞こえなかったか？」

野営地での銃撃戦の音がホークのチームのもとにまで届いたかどうかはわからないが、聞こえていたとしても今の嘘でごまかすことができる。

「そいつは最高だな。あと少しで主鉱脈に着く。そのまま待て」

「了解」タッカーは無線機を下ろし、二人に向き直った。「これでしばらくは大丈夫だろうが、向こうの話だと残り時間は少なくなりつつあるみたいだ」

タッカーは二人を先導し、左右を急峻な断崖に挟まれた峡谷に向かった。その入口にはケインが待っている。タッカーは相棒の隣で片膝を突き、首のまわりの毛をかいてやった。

〈さあ、行くぞ、相棒〉

ケインが顔を近づけ、タッカーの鼻をぺろりとなめた。タッカーは犬が緊張で震えているのを感じた。ケインは行動を起こしたくてうずうずしている。この先に控える狩りに興奮している。

タッカーはまず砂の上の足跡を、続いて峡谷を下る流れの先を指差した。最後に二度、握り拳を作り、最初は小指を立てて、二回目は小指を戻した。手による合図をささやき声の指示で再確認する。「追跡、静かに、隠れて」

タッカーが首筋から手を離すと、ケインはまるでウサギを追うオオカミのように勢いよく走り出した。三回飛び跳ねただけで、その姿が小川の左側にあるビャクシンの薄暗い森の奥に消える。タッカーは立ち上がった。すでに相棒の姿は見えない。耳を澄ますものの、枝が折れる音や砂を踏みしめる音はまったく聞こえない。あたかもケインが影に溶け込み、一体化してしまったかのようだ。

二人の方を振り返ると、アビーが声を出さずに口だけを動かして「すごい」と伝えた。

タッカーはゴーグルの側面を指先でタップし、ケインのカメラからの映像を表示させた。音声用のイヤホンも耳に挿し込む。それでもなお、何も聞こえない。相棒の息づかいの気配がかすかに感じられるだけだ。節くれ立った木々の幹を回り込んだり、その間を縫うよう進んだりする映像を見ているうちに、タッカーはいつものように脳が二つに分かれていくのを感じた。自分の一部は今の位置から峡谷の奥をのぞいている。もう一方の自分は相棒の足、視界、呼吸のリズムと一つになる。

手にデザートイーグルを持ち、肩にはブッシュマスターのカービンを引っかけると、タッカーはほかの二人に「離れないように」と伝えてから歩き出した。

タッカーはケインと同じ側の岸を選んだが、深い茂みや木々の間を相棒のようには静かに歩けないとわかっていたので、森の外れから出ないように注意した。片方の目でできるだけ音を立てずにすむ岩を探し、砂は避ける。もう片方の目ではケインとともに森を駆け抜ける。

後ろを歩く二人の音が聞こえる。なるべく静かに歩こうと頑張ってはいるものの、息づかいは激しく、音も大きい。足音ははっきり聞こえ、焦りが感じられる。タッカーは二人のリズムが自分と合うまで待ってから、徐々に速度を上げた。

それでも、三人ともケインの敏捷(びんしょう)さとスピードには決してかなわない。

相棒が先行しすぎたと判断したところで、タッカーは小声で指示を出した。「ゆっくり。スピードを半分に落とせ」

ケインはその指示を無視したいと思う。

心臓が口から飛び出しそうなほど大きく脈打つ。本能が血を騒がせ、速いスピードで走らせる。鼻は汗ばんだ体臭と銃の油の跡をたどり続ける。けれども、ケインは仲間を信用する。指示の一語一語が体にしみ込み、ペースを抑え、たぎる炎を赤い輝きに冷ます。

流れるような速度に代わって、慎重さを優先する。

茂みを回り込み、森を駆け抜ける。感覚が外側に広がる。いちばんもろくて避けるべき枝がどれなのか、頰ひげが察知する。よけたり曲がったりするべき時は、体を覆う上毛が事前に知らせてくれる。枯れ葉やマツの針葉が乾いた音を立てないようにするために四本の足のどこに重心を移せばいいかは、敏感な足の裏が教えてくれる。目は前方の暗がりの濃度の違いを見極め、いちばん深い影に導いてくれる。鼻はもっと敏感で、鼻孔を広げ、すべてのにおいを取り込むことで、過去と現在の両方の道筋が万華鏡のように交差した世界を構築してくれる。それらがケインを満たし、外側に広げ、すべてを一つにまとめ、森と、湿った石灰岩と、峡谷を吹き抜ける風と、一体化させる。

そんな時、ケインは肉体から解き放たれる。激しい息づかいと鼓動する心臓から解き放たれる。より広大な世界が呼びかけているのを感じる。あわてて走り去るリスの道筋、ボブキャットの尿の強烈なマーキング、飛び立つムシクイの鮮やかな羽の色という形で呼びかけている。

けれども、左右の耳をぴんと立て続け、片側に回し、そしてその反対側に回す。後ろに続く人たちの音が聞こえる。騒々しい音の動きを感知し、それに合わせてペースを落とす。自分をいざなうもっと広大な世界に走り出せという呼びかけは、自分に向けたその呼びかけは、無視する。その代わりに、自分をここにつなぎとめるもっと強い何かを感じる。それをたどった先には、あふれんばかりの温かさが、いつもの汗と息のにおいが、そこに隠された約束が、仲間と家という約束がある。

だから、ケインは前に走り続ける――ただし、決して遠くまでは行きすぎない。

8

午前七時四十二分

バッドランドに入ってからほんの二十分のうちに、アビーは方向感覚を失ってしまっていた。

全身を伝う汗は速いペースでの歩きのせいではなく、むしろ祖父に残された時間が少なくなりつつあるという思いからだ。方向感覚がおかしくなったのは、迷路のように入り組んだ峡谷や裂け目を急いで進まなければならない一方で、タッカーのペースに合わせ、彼と同じところに足を置こうと努めているせいでもある。

緊張から来る頭痛で両目の奥がうずく。口の中はからからに渇き、はあはあと息を吐く音すらまともに出ない。アビーはグロックを左右の手のひらでしっかりと握り、綱渡りをする人が重いポールでバランスを取るように、その存在と重さで自分を支えようとした。

一行は狭い裂け目に入った。左右の手を広げれば両側の砂岩の断崖面に指先が触れそうなくらいの幅しかない。タッカーは速度を落とすことなく、足早に奥深くへと進んでいく。依然としてシェパードの姿は見えないままだが、犬は前方のどこかにいて、盗賊たちの通った道筋を正確に導いてくれているのだろう。

　アビーは唾（つば）を飲み込み、同じ部族の仲間たちが「インガヤ・ハラ」すなわち「黒い月」と呼ぶ、このバッドランド特有の地質を考えることで気を紛らわそうとした。この地域の言い伝えによると、立ち入る者たちを死に導く悪霊がいるという。しかし、悪霊がいようといまいと、この入り組んだ地形では簡単に迷ってしまう。周囲の岩からも危険を読み取ることができた。転がり落ちた岩や以前に崩れたガレ場があり、急いでくぐり抜けた岩のアーチは一部が残っているだけ。地層の下の方が変色して削られているのは、激しい鉄砲水が繰り返し発生したことを示している。

　この危険な迷路はバッドランドの中でも最悪の場所だ。

　この地域の調査から、アビーはソノラ砂漠でも最大の断層のうちの一つがこのあたりの真下に延びているのを知っていた。そうした断層が不安定になり、隆起した岩盤の連なりが崩壊し、それに続く何百年にもわたる雨の浸食作用によって峡谷や裂け目がさらに深く削られていったのだろう。

　アビーはまた、この曲がりくねった道筋がずっと下り坂になっていることにも気づいていた。標高の変化を耳で感じるし、両側の断崖もますます高さを増していて、それと同時に狭くなりつつある。

前を歩くタッカーが片手を上げ、止まるように合図した。

アビーがその指示に従い、後ろを振り返ると、ランドンの顔は砂と土にまみれていて、汗の流れ落ちた跡が何本もの線になっていた。緊張からか、教授は険しい目をしている。

タッカーが前方に走ると、その先は狭い通路が行き止まりになっていた。素早く確認してから後に続くよう手を振ったかと思うと、その姿が見えなくなる。アビーは急いで後を追った。

裂け目は傾斜の急な断崖に囲まれた窪地のようなところで終わっていた。巨大な井戸の底にいるかのようだ。アビーは首を曲げて切り立った崖を見上げた。出口は見当たらない。行き止まりとしか思えない。

〈犬が道案内を誤ったのだろうか?〉

向かい側では崖の下に沿ってにおいを嗅ぎながら歩き回るケインのそばで、タッカーがうずくまっていた。いつもは静かな犬が小さな鳴き声をあげる。アビーは窪地を横切ってそちら側に向かった。

「これを見てくれ」タッカーが小声で伝えた。

タッカーが指差す先には通り道があり、その高さはせいぜい膝くらいまでしかない。アビーは前かがみの姿勢になり、手のひらで窪地の底の砂に触れた。奇妙なまでに粒が揃っている。体をひねって砂岩の壁面を観察すると、崖の高さの真ん中あたりまで白っぽい色の層が連なっていた。赤い岩に水あかとミネラルがこびりついたもので、かつてはそのあたりに水面があったのだろうと思われる。

目の前の壁に向き直ったアビーは、それが板状になった巨大な赤い岩の塊だということに気づいた。はるか昔、岩はこの裂け目に落下し、行く手をふさいでしまったに違いない。それから何千年もの間、冬に降る雨がここに流れ込み、窪地に水がたまった。やがて水圧と浸食によって岩の下に水の通り道ができ、ついには決壊してたまった大量の水が排出され、この通り道があらわになったというわけだ。

「やつらはここを抜けていった」タッカーがささやいた。「手のひらや靴の跡が見えるはずだ。トンネルはそれほど長くなく、三十メートルくらいだ。向こう側に太陽の光が確認できる。まず俺がケインと中に入る。危険はないという確認がすむまで、ここで待機していてくれ」

アビーはうなずいた。

タッカーが合図を送ると、ケインは頭を下げ、岩の下の隙間に潜り込んで通路の中に消えた。鳴き声はやんでいたものの、アビーはベストに覆われていないシェパードの首から肩にかけての毛が逆立っていることに気づいた。

タッカーも四つん這いになってその後を追い、アビーとランドンだけが残された。トンネルの入口近くでうずくまり、一人と一頭が奥に進むのを見守る。

「君もあれを感じているのか?」すぐそばにいるランドンが息を殺したささやき声で訊ねた。

アビーは眉をひそめた。

ライフルを肩に掛けているランドンは、指先をさすったり関節を鳴らしたりした。左右の手を振っている。「むずむずするのだよ。アリが皮膚の下を這い回っているような感じだ」

アビーは首を横に振った。感じるのは頭痛と、心臓が大きな音で鳴っていることだけだ。けれども、教授が何を言いたいのかは理解できた。ケインが鳴き声をあげ、毛を逆立てていたことを思い返す。

犬も感じていたのだ。

「ボルテックスね」アビーもささやき声で返した。その可能性に胸が高鳴ると同時に、自分は何も感じていないことに落胆する。アビーは後ろを指し示した。「この窪地はきっと何百年以上も水で満たされていたんじゃないかと思う。二年前の冬に雨がとても多かったのを覚えているでしょ。そんな嵐がここに何度も大量の水を送り込み、ついには天然のダムを決壊させたのかもしれない」

「君の言う通りならば、これまで誰もここを発見できなかったのも不思議ではない」

「それをオロおじさんが偶然に見つけた」

二人が見守っているうちに、タッカーとケインがトンネルを通り抜け、その姿が見えなくなった。数呼吸の間があった後、タッカーが再びトンネルの先に現れた。向こう側に差し込む太陽の光を背にして手招きをしている。

アビーが最初に入った。グロックをズボンの腰のベルトに挟んでから四つん這いになり、重い岩の下に潜り込む。すぐ後ろから聞こえるランドンの息づかいが、もっと急いでくれと促している。

ようやくトンネルの先に出た――そこはさっきの窪地をさらに大きくしたような場所だった。こちら側の窪地は直径が二百メートルくらいある。断崖は向こうよりももっと高さがあり、窪地の底には薄暗いビャクシンの森が広がっていた。木々はどれも巨大で、樹齢は数百年に達しているだろう。赤い岩のダムが決壊した時に発生した濁流が森を通り抜け、その道筋に沿って木々が根こそぎになっており、砂には浅い溝ができていた。しかし、水はずっと昔になくなったようで、砂にしみ込んだか、あるいは蒸発してしまったのだろう。

アビーがそれ以上のことを確かめるよりも早く、タッカーから姿勢を低くして左手の方角に、森の外れに急ぐようにとの合図があった。ランドンもやってきて合流すると、ケインがその暗い影の中にいた。

暗がりでケインの目が輝いていた。犬ははあはあと息をしながら左右に行ったり来たりしていて、明らかに興奮した様子でしっぽを振っている。毛は依然として逆立ったままだ。

今ではアビーも感じていた。頭皮がちくちくする。まるで水中にいるかのように聴覚が鈍っている。以前にもセドナ周辺のボルテックスで似たような感覚を経験したことがあったが、これほどまで強いものは初めてだった。

「これはどういうことだろうか？」畏怖の念からだろうか、ランドンが押し殺した声で訊ねた。

すぐ隣に立つ物理学者は節だらけの巨大なビャクシンの幹を調べていた。太い幹は激しくよじれていて、枝や樹皮までも同じような状態だった。あたかも竜巻に巻き込まれた老木がそのまま固まってしまったかのようだ。そのねじれた形状を見ているだけで、嵐の咆哮が聞こえ、吹きつける風を感じるような気がした。

アビーは指先で樹皮をなぞった。「この種の効果はボルテックスの周囲でよく目にする。木々がありえない形にねじれているのは、ボルテックスのエネルギーを浴びているためだと言う人もいる」

「しかも、一本の木だけじゃない」タッカーが言った。濁流が削った溝のすぐ脇に立っている。タッカーは双眼鏡を下ろし、アビーに手渡した。「見てみろ」

アビーは双眼鏡を目に当て、断崖に囲まれた窪地を見渡した。最初はよくわからなかったものの、やがてもっと大きなパターンにはっと気づいた。文字通り、「木を見て森を見ず」に陥っていたのだ。周囲に広がるビャクシンの老木は、一本一本がよじれているだけでなく、水が渦を巻いているかのように、すべての木々が同じ向きに傾いていた。

「真ん中をよく見ろ」タッカーが言った。

アビーがねじれた木々の渦から窪地の底の砂をたどっていくと、中央で森が途切れている。そこでは大地が黒く盛り上がっていて、丸みを帯びたその先端は断崖の縁から斜めに差し込む朝の太陽の光が届くくらいの高さがある。その黒い岩に含まれる水晶が光を反射し、頂点が赤い王冠のように輝いていた。

「噴石丘」アビーが言った。

「古い火山によるものか?」タッカーが訊ねた。

アビーは首を横に振った。「たぶん、この下に隠れているはるかに大きな地形の先っぽにすぎないいんじゃないかな」アビーはここまで下ってきた道のりを思い返しながら双眼鏡を下ろした。「私たちがいるのは直径が何キロもある陥没したカルデラの内部だと思う」

ランドンが右手の方角を指差した。その先を見ると、噴石丘の斜面の近くで何かが動いた。「あそこがさらに地下へと通じる入口に違いない」

タッカーが双眼鏡を奪い取り、その場所を観察した。「アーチ状の石の入口がある。あいつらはそこに一人、見張りを置いているようだ」二人の方を見る。「君たちは森の中を移動してあそこの真正面まで行ってほしい」

「君は何をするつもりだね？」ランドンが訊ねた。

「ケインと俺はあの見張りを片付ける。できるだけ音を立てずに。それからドクター・キーの救出に向かう」タッカーは水が干上がった溝を挟んで向かい側にある森を指差した。「何か問題が発生したら、そのまま隠れているように」

二人はうなずき、ひっくり返った木の根の陰に身を隠しながら溝を横切り始めた。真ん中あたりまで達したところで、アビーは後ろを振り返ったが、すでにタッカーとケインは姿を消していた。アビーは急いでランドンの後を追った。ほんの一瞬、黒っぽい噴石丘の全容が見えた。半球状になっていて、ここに落下した巨大な黒いボールの下半分が砂に埋もれたかのようになっている。

〈違う〉アビーは気づいた。〈ボールじゃない〉

その形と、水晶できらめく黒い色が表すものに身震いする。

目の前にあるのはインガヤ・ハラの心臓部。

伝説の黒い月。

アビーはどうにか目をそらし、ランドンの後を追った。この場所についてのほかの話を思い出す。その伝説によれば、あの黒い月にはほかの意味もあった。

〈悪夢の地〉

9

午前七時五十八分

森の外れでうずくまるタッカーはケインが配置に就くのを待っていた。巨大な噴石丘を見つめる。その斜面では水晶がきらめき、先端部分は朝の陽光を浴びて赤く輝いている。少し前のこと、タッカーはケインに対して、丘の裏側を回り込んで反対側からアーチ状の入口に近づくよう指示を出した。相棒が所定の位置に就いたら、タッカーがこちらから接近する手筈(てはず)になっていた。

ゴーグルを通して、噴石丘の麓(ふもと)に沿って移動するケインの視点からの映像を見守る。森の中で待つ間に、タッカーの皮膚に鳥肌が立ち、むずむずしてきた。神経が高ぶっているせいだと、緊張のせいだと、あるいはボルテックスに関する話をあれこれ聞いたためにそんな気がするだけだと思いたかった。それでも、両腕とうなじの毛が震えているのを感じる。あたかも胸を万力で締め付けられているかのごとく、徐々に息苦しさが増していく。

どれも気のせいでないことはわかっていた。

ケインも明らかにそれを感じていた。

タッカーはあんなにも神経過敏な状態の相棒をこれまでに見たことがなかった。毛が逆立っている以外にも、微妙な兆候を察知できた。耳を頭にぴたりとつけ、しっぽをぴんと真っ直ぐに伸ばし、まるで隠れている敵をずっと探しているかのように目をきょろきょろさせている。

〈俺も同じだ〉

タッカーも誰かに監視されているかのように感じていた。ようやくケインのカメラからの映像が、アーチ状の入口の向こう側の端をとらえた。石のアーチが噴石丘の斜面から少しだけ飛び出ている。

「待て」タッカーは無線でケインに伝えた。

シェパードは腹這いの姿勢になった。鼻は前方に向けたままで、カメラは開口部を映し続けている。

タッカーは森から出ると、遮るもののない噴石丘までの十メートルほどの距離を低い姿勢で走った。丘に近づくうちに、不安をかき立てるような影響が増大するのを感じた。視界の端がぼやける。ひどい日焼けをした時のように皮膚がほてる。足を前に踏み出すごとに、胸を挟む万力の締め付けが強まる。ケインのカメラからの映像までもが途切れたり戻ったりを繰り返し始めた。

黒い斜面までたどり着くと、タッカーはさらに姿勢を落としてうずくまった。敵に見つからないようにするためなのはもちろんだが、隠れていれば不思議な力からも逃れられるのではないかという思いもあった。噴石丘の麓を慎重に進み、開口部が見えたところで立ち止まる。アーチ状の入口付近で動きがある。見張りがうろうろと歩き回っていて、肩と肘が見え隠れしている。どうやら敵も同じように影響を受けていて、そのせいで落ち着きを失っているようだ。

相手を入口から引き離す必要がある。

吠えて男をおびき出すようケインに合図を送ろうとした時、見張りが自ら表に姿を現した。無線機を口元に当て、もう片方の手には拳銃を握っている。

「ホーク、そっちはどうなっているんだ？」見張りが説明を求めた。「こっちはもう起爆装置の準備が終わっているぞ。六つ全部だ。一発目をいつ爆破させればいいのか教えてくれ」

タッカーはブロンコの後部座席にあったダイナマイトの箱を思い出した。箱はほとんど空っぽだった。ホークのチームは採掘作業を手早く進めるため、制御爆破を計画しているに違いない。金庫の鍵を開けずに扉ごと爆破する手口のようなものだ。リスクを承知のうえで、ホークのチームは限られた時間の中で一発勝負に出なければならないとわかっているのだ。

「ホーク！」見張りがわめいた。「どうして何も――？」

恐怖に怯えた絶叫が入口の奥からこだました。

驚いた見張りが跳び上がって振り向いた――あまりにも突然の出来事に、タッカーには隠れる余裕がなかった。見張りがタッカーの方を二度見した。小さな叫び声をあげながら、男が拳銃を向ける。

〈こそこそ動くのはこれまでだ〉

すでにデザートイーグルの狙いを見張りに定めていたタッカーは、続けざまに二発、発砲した。44口径のマグナム弾は二発とも命中し、銃弾が貫通した男の体は後方に吹き飛んだ。

大きな銃声が断崖に反響するのを聞きながら、タッカーは入口に走った。アビーの話によれば、ホークにはほかにまだ二人の仲間がいるとのことだったから、三人はこの噴石丘の下のどこかにいるはずだ。あと、ジャクソン・キーも。彼がまだ生きていてくれればいいのだが。

タッカーは砂岩がアーチ状に連なった開口部にたどり着いた。表面には古代の岩絵が刻まれていた。炎の間で身をよじって踊る男性と女性の姿があり、アーチの最上部には光を発する太陽が描かれている。タッカーは入口に歩み寄った――より強烈なエネルギーの波が襲いかかる。タッカーは息をのんだ。全身が焼けるように熱い。その力に対応できずに一瞬何も見えなくなり、タッカーは後ずさりした。

片腕を顔の前にかざすうちに、ようやく見えるようになった。

ケインが心配そうな鳴き声をあげながら駆け寄ってきた。

〈俺は大丈夫だ、相棒〉

タッカーは腕を下ろし、ケインの脇腹をぽんと叩いた。後方の森からアビーとランドンが飛び出し、タッカーの方に走ってきた。タッカーは二人に手のひらを向け、危険だから近づくなと合図した。二人はそれを無視して駆け寄った。二人もエネルギーを感じているのは明らかで、表情がこわばっているし目つきも険しい。しかし、タッカーほどには身体的に激しい影響を受けていない様子だった。今もタッカーは噴石丘から強風が吹き出し、自分を寄せつけまいとしているかのように感じていた。

タッカーはボルテックスの影響を受けやすい人がいるのではないかというアビーの話を思い出した。ケインに視線を向ける。この相棒――それと弟のアベルと組むことになったのは、タッカーの類まれな共感力のためで、そのおかげでほとんどのハンドラーよりも深い絆を犬たちとの間に築くことができたのだ。

〈その能力が今の敏感さと何らかの形で関係があるのだろうか？〉

答えはわからない。

答えなどどうでもいい。

タッカーは強風に向かい合い、二人に指示を与えた――ケインに対しても。

「ここに残れ。出口を見張っていてくれ」

10

午前八時一分

タッカーが暗いトンネルの奥に姿を消すと、アビーは開口部の片側をうろうろと歩いた。緊張で息が苦しい。骨が音叉(おんさ)のように細かく震えるので、じっとしていることができない。アビーはグロックをきつく握り締めていた。起きていることのわずかな気配すらも聞き逃すまいと耳を澄ますが、噴石丘の間近では聴力がよりいっそう鈍くなり、濡れタオルを頭に巻き付けられているかのようだった。

それでも、少し前に聞こえた悲鳴が祖父の声ではないことはわかった。

〈お願いだから無事でいて〉

不安を感じているのはアビーだけではなかった。アーチの真下に立つケインは鼻先を入口の奥に向け、左右の耳をぴんと立てているが、しっぽは垂れ下がっている。後ろ足に軽く力を込めていて、いつでも相棒の助けに駆けつけられる体勢にある。

「私もこの奥に行くべき」アビーはうめいた。「ここにいるみんなが行くべき」

アーチ状の入口の反対側に立つランドンは別の意見だった。教授はライフルの先端をトンネルの方に向けた。「通路はかなり狭そうだ。みんなでいっせいに入ったらつかえてしまう。それにここは唯一の出口だ。タッカーまたは君のおじいさん以外の人間が出てきたら、対応しなければならない。私たちがここの最後の守りになるかもしれないのだから」

アビーはうなずき、深呼吸をした。気を紛らわせようと、砂岩のアーチの表面に刻まれた岩絵を見上げる。線で描かれた男女が赤錆色の炎の内側で身をよじらせて踊っている。自分の肌も熱を持ち続けていて、神経にも火がついているような感じがする。アビーは拳銃を持っていない方の手を伸ばし、苦しげな様子の人物の一人に手を触れた。

〈これはここのボルテックスのエネルギーを表現しているのだろうか?〉

アビーは首を動かし、アーチの最上部に彫られた巨大な太陽を見上げた。そのいちばん近くにいる人たちは太陽の光が当たって体がばらばらになってしまっている。

〈そうだとしたら、これは何を表しているの?〉

アビーは数歩後ずさりすると、そのさらに上にある噴石丘のてっぺんに目を向けた。太陽の光を浴びた水晶が炎のように赤い輝きを発している。冷たい恐怖がアビーの体を包んだ。

すぐそばでケインが長く低いうなり声を発した。

アビーは犬を見た。

しっぽは左右の後ろ足の間に隠れてしまっていた。うなり声に合わせて体が震えている。首を折り曲げ、頭を下に向け、爪を砂に食い込ませて――あふれ出そうになる遠吠えを全身の力で抑えつけようとしているかのようだ。

アビーは暗いトンネルの奥を見つめた。

〈中では何が起きているの？〉

11

午前八時三分

タッカーは真っ暗で急な下り勾配(こうばい)のトンネルを手探りで進んでいた。ペンライトを使うつもりはなかった。銃声が下にいるやつらを警戒させたことは間違いないだろうが、状況を調べるためこちらに向かっている人間がいるならば、ライトの光で自分がトンネル内にいることを教えるわけにはいかない。タッカーにはどんな小さなことでもかまわないから有利な状況を作り出す必要があった。向こうは三人、こちらは一人だからなおさらだ。

奥深くへと進み続ける間、タッカーはデザートイーグルの銃口を前に向けたまま、もう片方の手の指先を壁に添えてトンネルの向きを確認し、一歩ずつ慎重に足を動かした。通路は下っているだけでなく、時計回りにカーブして螺旋(らせん)を描きながら黒い丘の中心に向かっている。

ようやくカーブの先に不気味な緑色の光が見えた。

タッカーは立ち止まり、脅威の存在に耳を澄ました。しかし、この世のものとは思えないエネルギーのせいで聴覚がおかしくなり、もはや音がほとんど聞こえなくなっていた。体は全身が松明と化して燃えているかのように熱く、指先にも石の冷たさが伝わってこない。暗闇を進むうちに目の端で炎がちらつくようになり、視界がどんどん狭まっていく。あらゆる感覚が影響を受け、過負荷によって今にも遮断されようとしている、そんな感じだった。

すべてが消えてしまわないうちにと思い、タッカーは進み続けた。

カーブを曲がると薄気味悪いエメラルドグリーンの光源が見つかった。十数本のプラスチック製のケミカルライトが前方の広い洞窟の床に散乱していただけだったのだ。タッカーは立ち止まり、光が照らし出す地下空間内の不思議な光景を眺めた。

大洞窟の壁面が弱い光を反射し、炎の虹のようにきらめいていた。洞窟内の全体が、緩やかな曲線を描く床も含めて、ファイアーアゲートで覆われており、その大きさは小石ほどのものから巨大な塊に至るまで様々だ。タッカーは目の前にあるものをすぐさま理解した。

〈巨大な晶洞が乳白色のファイアーアゲートで埋め尽くされている〉

そう思ってすぐに、間違いだということに気づく。

痛めつけられた感覚がくるくると回るのを感じる。

ここにあるのはただのファイアーアゲートではない。

タッカーは石の内部で酸化鉄がフェリ磁性の層構造になっているというアビーの説明と、これらのファイアーアゲートが持つ本当の性質についてのランドンの解説を思い返した。広大な洞窟内を唖然（あぜん）として見つめる。

ここは表面を時間結晶で覆われた晶洞なのだ。

タッカーはそこに足を踏み入れたくなかった。中にいる人たちの状態を考えるとなおさら恐怖が募る。右斜め前方を向いて立っている二人はここから見てもわかるほど体を震わせていて、顔は驚愕（きょうがく）の表情を浮かべたまま固まっている。そのうちの一人は鳶色の髪に濃い不精ひげというアビーの説明と一致する。

〈ホークだ〉

二人ともタッカーの存在に気づいていない。視線は右を向いたまま動かない。

その間にもう一人――白いものの交じった髪をポニーテールにまとめた人物が床にひざまずいていた。ほかの二人の目が釘付け（くぎづけ）になっている何かに背を向けている。突き出した片足はおかしな向きに曲がっていて、流れ出た血が周囲の燃えるような石に広がっていた。どうやら銃で撃たれたようだ。それでも、両腕を後ろ手に縛られたまま、小石で覆われた床に額をぴたりとくっつけた姿勢を保っている。

ジャクソン・キーだ。

タッカーは姿勢を落としたまま、おそるおそる洞窟内に入った。「ドクター・キー……」

男性が顔を上げた。目は血走っていて、困惑の色が浮かんでいる。「誰――?」

タッカーには説明している時間がなかった。ほかの二人がじっと動かないでいる理由はわからないが、ここを発見した年老いた探鉱者はこの中に閉じ込められたという話だった。白日夢から目が覚めないまま、日が暮れるまで入眠状態から抜け出せなかったという。今も同じことが起きているのなら、それを利用しない手はない。このまま二人を撃ち殺そうかと考えたものの、タッカーでさえもそこまでするのは残酷すぎるように思えた。

それでも、タッカーは拳銃をしっかりと握った。

〈少しでも状況が変わったら……〉

激しい息づかいとともに、感覚を失うまいと格闘を続けながら、タッカーはジャクソンを動かしても大丈夫かどうか判断しながら駆け寄った。老人のもとにたどり着くと片膝を突き、手首に巻かれた結束バンドを切断する。

「アビーに頼まれました」孫娘の名前を出せば安心してくれるだろうと期待して、タッカーは伝えた。

自由の身になると、ジャクソンはタッカーのシャツをつかみ、床の方に引っ張った。「見たらだめだ」

注意されなければ、見なかったかもしれない。

老人の丸めた背中の先に視線を向ける。そこにもまた砂岩がアーチを作っていて、通路の入口になっていた。タッカーはそこになかなか目の焦点を合わせることができなかった。開口部では赤い屈折光がきらめいている。タッカーは首を左右に振ったが、そのせいで頭痛がしてきた。狭まった視界を元に戻そうとまばたきをするが、余計に見える範囲が小さくなった。

だが、トンネルに体を半ば突っ込んだ人物は確認できた。

頭が混乱していたせいで、ホークには仲間がもう一人いたことを失念していたのだ。男はファイアーアゲートの床にうつ伏せに突っ伏していて、両脚はまだこちら側の洞窟内に残っているが、上半身はトンネルの入口の先にある。ただし、向こう側には体がない――あるのは骨だけだ。

タッカーが見ている目の前で、まるで何百年もの時間が経過したかのように、頭蓋骨がぼろぼろと崩れていく。

「彼を制止しようとしたのだが」ジャクソンの言葉がタッカーの注意を引き戻した。老人は銃弾で骨が砕けた脚を指差した。

アーチ状の入口の近くの床には拳銃が落ちていて、銃口からはまだ煙が噴いていた。タッカーはあのアーチの奥に飛び込もうとした男が、入口のところで倒れる様子を想像した。上半身が燃えて――あるいは老化して骨と灰だけになり、脚だけが無傷のままこちら側に残ったのだ。

「私が思うに……太陽の光が丘の頂上に当たった時、すべてが始まったようだ」ジャクソンの説明を聞きながら、タッカーは相手の腋(わき)の下に腕を入れ、体を起こそうとした。「この中ではまるで雷が落ちたように感じられた。雷鳴こそ聞こえなかったものの、かなりの衝撃が伝わった」

タッカーにとってはどうでもいい話だった。それでも、この老人の言う通りなのだろうと思う。年老いた探鉱者が脱出できたのは日が暮れた後だったが、おそらくそこで入眠状態が解けたということなのだろう。タッカーは怯えた表情を浮かべたまま硬直している二人の方を一瞥した。彼らが目覚める頃にはここをとっくに立ち去っているつもりだ。外に出たらペインターに連絡を入れ、ヘリコプターを派遣してもらい、ホークとその仲間にはきっちりと罪を償ってもらう。

そういう計画だった。

タッカーが体を起こして持ち上げると、ジャクソンは痛みでうめいたものの、暴れたりはしなかった。

「この……場所は」ジャクソンは苦しそうに息をしている。悲鳴が漏れそうになるのをこらえようとして話をしているのだろう。「人の恐怖を増幅させる。心の奥底に埋もれていたものを呼び覚ますのだ」

セドナのボルテックスには感情を増幅させる効果があるというアビーの説明を思い出す。彼女の説によれば、電磁エネルギーが脳内にある磁鉄鉱の粒子を活性化させ、人の感覚を混乱させ、人間の最も基本的な感情を司る脳幹を刺激するということだった。

「ヤバパイ族がこの場所を見つけたのかもしれない」ジャクソンが続けた。「試験として使ったのではないかな。恐怖に向き合い、自分の感情をコントロールできるようにするための——それができなければ、死ぬことになる」アビーの祖父は一瞬、アーチ状の開口部に目を向けた後、タッカーに視線を戻した。「あの入口に近づいてはいけない。命あるものはあのエネルギーを浴びたら無事ではいられない」

〈浴びるつもりなどない〉

タッカーはジャクソンの体を出口の方に向けた。支えられてはいたものの、老人は大きくふらつき、バランスを取ろうと腕を振り回した。その拍子に腕がすぐ近くに立っていたホークの仲間の体にぶつかった。男はまるでヘビに嚙まれたかのような金切り声をあげた。

タッカーは姿勢を落とし、男にデザートイーグルの銃口を向けた。ジャクソンが目覚めさせてしまったと思ったからだ。しかし、男はアーチ状の入口の方を見つめたまま、うめき声を漏らしながらそちらに向かってよろよろと歩き始めた。

「ママ、嫌だよ、待って、ママ……」

「彼を止めなくてはいけない」ジャクソンが言った。

だが、タッカーが反応するよりも早く、男は開口部に向かって駆け出した。トンネルの入口は屈折光がちらちらと揺れていて、チャンネルの設定がうまくいっていないテレビの画面を思わせる。

男がそこに近づくと、エネルギーが男の手足や頭頂部を網目状に覆った。次の瞬間、腰に留めてあった男の無線機が破裂し、その勢いで体が反転する。男が目覚めた。倒れまいとして両腕を振り回す――だが、手遅れだった。後ろ向きにバランスを崩したまま、男の体はアーチ状の入口を越えた。赤いエネルギーが体のまわりに発生し、男を焼き尽くしていく。トンネルの内部で破裂音とともに煙が上がり、骨が次々と床に落下した。

「行かないと」ジャクソンが促した。「あの直後はもっとひどく――」

タッカーは目をそらすのが遅れた。

気圧の変化で耳がポンと鳴り、狭い視野が広がってフルカラーの映像に切り替わる。ヘリコプターのローター音が聞こえる。男たちが悲鳴をあげている。硝煙の硫黄臭がする。燃える肉のにおいがする。冷え切った頰を熱い涙が流れ落ちる。タッカーは眼下の山頂を見つめている。ばらばらになった仲間の死体が岩の上に横たわる。雪の残る岩肌で血が湯気を噴き上げる。部隊を待ち構えていたＩＥＤが炸裂した穴から煙が上がる。集結するタリバンの戦闘員の勝利の雄叫び（おたけび）が聞こえる。頭を黒い布で覆った戦闘員たちが、ライフルを振り回しながら山頂へと駆け上がるのが見える。離陸して高度を上げるヘリコプターを目がけて発砲する戦闘員もいる。

足を引きずる犬に迫る戦闘員もいる。犬は逃げ道を探して右往左往している。

「アベル」過去と現在のタッカーは叫んだ。

犬が立ち止まり、見上げる。視線が交錯する。

〈アベル……〉

犬が頭を上に向け、寂しそうな遠吠えをあげる。助けを求めて。置き去りにしないでくれと。見捨てないでくれと。アベルが再び遠吠えをする。その声がタッカーの心を粉々に砕く。

けれども、声はほかの耳にも届いていた。


ケインの耳がぴんと立つ。

ほんの少し前、名前を呼ぶ声が聞こえた。古い苦しみを呼び覚ます名前を。だが、ケインはその場にとどまり、相棒からの最後の指示に従った。「見張りをしろ」

指示を守り続ける。

それでも、ケインは声を聞く。耳ではなく、心で。空気が目に見えないハチの羽音でうなり、体毛が吹かない風で震えるこの不思議な場所では、自分ともう一人を結ぶ長い絆のリードがはるかに強まっている。

相手の苦悩を感じ、恐怖を共有し、炎と煙のにおいを嗅ぐ。

その時、ほんのかすかに、けれども足もとの岩の存在のようにはっきりと、遠吠えが聞こえる——耳に聞こえるのではなく、もっと奥深くにある場所に到達する。骨の中に、呼吸の中に、心臓の鼓動の中に埋もれた絆と記憶に届く。呼吸をするたびに。心臓が鼓動を打つたびに。母というさらに大きな温かさに包まれ、ミルクでおなかがいっぱいで、弟と寄り添っていたことを思い出す。跳ね回り、相手のしっぽを追いかける。訓練では力を証明しようと、褒美をもらおうと、隣に並んでじっと座る。喧嘩もするが、それよりも互いの傷をなめ合うことの方が多い。やがて二が三になり、何もかもがそれまでよりも素晴らしくなる。一人と二頭は一緒にコースを走り、砂漠を疾走し、森を駆け抜ける。狩りをして、じゃれ合って、ごちそうを食べる。一緒になって背嚢に潜り込み、それぞれのぬくもりを感じ、呼吸のリズムが重なり——三つが一つになる。

また遠吠えが聞こえる。

これ以上、無視することはできない。

その声がケインをこの場所につなぎとめる命令を打ち砕く。

筋肉のすべての繊維を使って、ケインは走り出す。もう一度、みんなが一緒になるために。

もう一度、三つが一つになるために。

12

午前八時八分

緊張感を漂わせてうずくまっていたケインがいきなり走り出し、トンネル内に突っ込むのを見て、アビーは思わず「あっ」と声をあげた。驚きのあまり一歩後ずさりする。何の前触れもなかった。犬があんなにも素早く動けるなんて、思ってもいなかった。さっきまでそこにいたのに、次の瞬間にはいなくなっていたのだ。

その少し前、アビーはかすかな叫び声を聞いた。名前を呼ぶ声だったのかもしれない。どうすればいいのかわからず、アビーはアーチ状の入口の手前でランドンと顔を見合わせた。銃声は聞こえなかった。それでも、最悪の事態を恐れ、二人は開口部から何歩か後ずさりした。ランドンがライフルを肩に添えて構えた。アビーもグロックを入口に向けた。

その時、犬が走り去ったのだった。

アビーはそれまでケインがずっととどまっていた場所を見た。「きっと何かが聞こえたうこと」

のよ」ランドンに言う。「彼が命令を破ったのなら、何かとんでもない事態になったとい

「君はどうしたいんだ?」

「ケインのことを信じる」アビーは前に足を踏み出した。「タッカーが、または祖父が危険に陥ったとあの犬が考えているのなら、私もそれを信じる」

「それならばどうするつもりだ?」

「もう待つのは終わり」アビーはトンネルに入った。「ケインを援護する」

13

午前八時九分

ヘリコプターの機内で何本もの腕がタッカーをつかみ、飛び降りようとする彼を制止する。タッカーは振りほどこうと、アベルを助けにいこうともがく。

「それ以上近づいてはだめだ」誰かが警告した。遠くからのかすかな声には聞き覚えがある。

両肩が奇妙に重たく感じられた。耳元で苦しそうな息づかいが聞こえる。タッカーはすべてを押しのけた。すぐ横で誰かの体が倒れ、苦痛の叫びとともに、再び警告が聞こえた。

「下がっていろ……頼むから……」

タッカーはその言葉を無視した。

〈離れることはできない。離れるつもりはない。二度はごめんだ〉

そう思った途端、タッカーの体はヘリコプターの外に出て、山頂に立っている。ブーツが雪を踏みしめる。肌を刺す冷たい風が吹きつけ、軍服が音を立てる。少し離れたところでは、アベルが銃弾から逃れようとしている。ナイフが一閃する。アベルはきわどくかわすものの、足を引きずっていて、次第に弱っていく。

〈待ってろ、アベル。すぐに行くからな〉

タッカーは前に一歩、足を踏み出す。続いてもう一歩。

手に持つ拳銃を構え、一瞬戸惑う。

〈ライフルはどうした?〉

その時、何かがズボンの裾をつかむ。タッカーは後ろに引っ張られ、危うく倒れそうになる。押しとどめる何かをひっぱたく。だが、指先に触れたのは冷たい鼻とやわらかい毛。訴えかける鳴き声が聞こえる。この警告は絶対に無視できない。

〈ケイン……〉

それでも、視線はこっちに来ようと必死なアベルに向けたままだ。タッカーはケインを引きずってなおも前に進もうとする――だが、ケインも抵抗する。四本の足で踏ん張り、まるで錨のように動かない。

再び訴えかける鳴き声がする。より切迫感を伴い、警告に満ちあふれた声。

タッカーがようやく視線を脚に向け、相棒の姿を見ると、まわりの世界が分解した。

ズボンの裾にしっかりと嚙みつくケインが見えたが、自分はもはや軍服姿ではなかった。ジーンズにカーキのウインドブレーカーだ。すぐ横では誰かが床に倒れて苦しそうにうめいている。脚の骨が折れていて、タッカーに向かって腕を差し出していた。

〈ジャクソン……〉

それでもなお、死にゆく仲間の兵士たちの悲鳴が聞こえる。勝ち誇ったような雄叫びも。ヘリコプターのローターの回転音も。煙と血と死体のにおいがする。顔を向けると、逃げようと必死なアベルが視界に入る。タッカーのもとにたどり着こうとしている。一歩ずつ、痛みに耐え、懸命に体を動かしながら。

タッカーは最も心が痛む光景を直視した。

アベルが吠えながら、甲高い鳴き声をあげながら、見つめ返す。悲しそうな目で。

ケインがズボンの裾を引っ張った。タッカーがまた一歩、前に足を踏み出しても、絶対に離そうとしない。タッカーが向かおうとしている場所がどこだろうと、そこまで引きずられてもかまわないと覚悟している。

その瞬間、この入眠状態に閉じ込められていたタッカーは、現在と過去の、現実と非現実の両方の世界を見ていた。ケインと一緒に走っている時、自分の目と相棒のカメラの両方を通して同時に見ているのと同じ感覚だった。

タッカーはそのための訓練を受けていたし、脳もその作業に慣れていた。

何をしなければならないのかがわかる。

ケインを危険にさらすことはできない。けれども、アベルを見捨てることもできない。

そのため、タッカーはそこを動かずにいた。

ジャクソンは、命あるものはあの入口を通り抜けられないと言っていた。熱に浮かされた自分の脳が作り出したあの過去の光景に立ち入ることはできない。さっきホークの部下の無線機が破裂し、男の体がエネルギーのカーテンに包まれたことを思い出す。命あるものだけではない。あそこに集まるエネルギーの渦には、電気を帯びているものはすべて耐えることができないのだ。それは結局、命ある生き物すべてが該当する。

〈我々は無線機と同じく、電気を帯びた生物マシンにすぎないのだから〉

タッカーは何をしなければならないのかわかった。

〈石のような不活性物質を投げればいい〉

ただし、はるかに大きな力を使って。

タッカーは拳銃の銃口を入口に、アベルが懸命に頑張っている方に向けた。一度、二度、三度と繰り返し発砲する。タリバンの戦闘員が一人、また一人と倒れる。黒い服をまとった男がダガーナイフを振りかざし、叫び声を発しながらアベルに迫る。タッカーは喉に銃弾を撃ち込み、その声をかき消す。姿の見えない狙撃手がどこから撃っているのかわからず、ほかのタリバンの戦闘員たちは動きを止め、周囲を見回す。恐怖に怯え、散り散りになって逃げていく。

残ったのはアベルだけだ。はあはあと息をして、怪我をしているが、生きている。

アベルがタッカーをじっと見つめている。また一緒になりたいと、なおも訴えている。

ケインがズボンの裾を離し、タッカーの横に回り込んだ。その口から甲高い音が漏れる――警告の印ではなく、長く群れから離れていた仲間を迎えるオオカミの興奮した鳴き声だ。

ケインが弟の方に向かいかけたが、タッカーは床に片膝を突いてケインをハグし、しっかりと押さえつけた。

「あいつは自由だ」タッカーはケインの耳にささやいた。

〈俺たちはみんな自由だ〉

ケインをきつく抱き締めていると、相棒の体のぬくもりを感じる。アベルの方を見ると、すでにその姿はぼやけつつあった。タッカーは最後にもう一度、アベルの目を見つめた。

「さあ行け、いい子だ……もう一度、家に帰り着くまで走れ」

アベルは頭を振ってタッカーの言葉を受け入れると、体を反転させ、足を引きずりながら遠ざかり始めた。足を踏み出すごとに速度を上げ、疾走し――山頂を駆け下りて見えなくなった。

タッカーは立ち上がり、アベルが消えた先を見つめた。

ケインがアベルに向かって吠えた。頑張れよと弟を励ますかのように。

その大きな吠え声で、タッカーにかかっていた魔法が解けた。周囲の不思議な光景が消え、光り輝く大洞窟と真っ暗で何もないトンネルの入口を縁取る砂岩のアーチだけが残る。

あいにく、魔法が解けたのはタッカーだけではなかった。

左手の方角から息をのむ音が聞こえた。

音の方を向く。

ホークがおぼつかない足取りで後ずさりしていた。まだ何かに取りつかれているかのような血走った目で、タッカーのことを見ている。男がアサルトライフルをタッカーとケインの方に動かした。タッカーはデザートイーグルを構えたが、弾切れだった。アベルを守るために撃ち尽くしてしまっていたのだ。

タッカーはそのことを後悔しなかった。

ホークがライフルを構え、引き金に指を掛ける。

タッカーは体をひねった。過去にアベルを救うことはできなかった。今、ケインを失うわけにはいかない。姿勢を落とし、身を挺してケインを守る。立て続けに銃声がとどろき、地下空間内にこだまする。

だが、衝撃も熱い痛みも感じない。

何発もの銃弾が体の上を通過し、その先のファイアーアゲートに跳ね返って火花を散らす。タッカーが敵の方に視線を向けると、ちょうどホークが仰向けに倒れるところで、顔の半分が吹き飛んでいた。

洞窟の入口には、煙を噴く拳銃を手にしたアビーが立っていた。

14

午前八時十一分

「今のはオロおじさんの分」アビーは言った。

グロックを下ろし、地下空間に足を踏み入れる。

ランドンも後ろから駆け寄り、隣に並んだ。教授は室内を見回していたが、不意に体をこわばらせ、アビーを追い越していった。床に倒れた祖父が片腕で支えて体を起こそうとしているところに向かっていく。

ランドンがタッカーに向かって合図した。「ジャクソンを起こすのに手を貸してくれ。早く！」

そのあわてた様子にタッカーも反応し、物理学者のもとに急いだ。二人がそれぞれ、腕を片方ずつつかんだ。祖父の左脚は出血がひどく、ズボンも赤く染まっていて、間違いなく骨が折れている。ショックのせいで祖父の目はうつろだ。しかし、ランドンがあわてている理由はそれではなかった。

ランドンの肩の先を見ると、向かい側の壁沿いを光がかなりの速さで動いている。〈導火線だ〉ホークのライフルの流れ弾が引火させてしまったに違いない。導火線は奥の壁面の隙間から突き出た一本のダイナマイトにつながっていた。その真下にも赤い筒状の爆薬が積み重ねてある。地質学者のアビーは、ダイナマイトが強い振動に反応しやすいことを知っていた。ある程度の力が加わると——近くで爆発があったり、岩が当たったりしたら、すべてが爆発してしまう。

タッカーもそのことに気づいたに違いない。祖父を両腕で引っ張り、消防士が逃げ遅れた人を救助する時のように肩で担いだ。「走れ！」

アビーは回れ右をすると、下ってきたばかりのトンネルを先頭に立って引き返した。数メートルも進まないうちに後方の世界が爆発する。その衝撃で体がはじき飛ばされ、前のめりになって倒れた。細かい塵(ちり)と化した水晶が押し寄せてくる。アビーはすぐに立ち上がった。爆発は今ので終わったわけではない。

アビーはグロックを投げ捨てると、急いで懐中電灯を取り出してスイッチを入れた。「進み続けて！」ほかの人たちに大声で伝える。

アビーは速度を上げ、螺旋を描く上り勾配のトンネルを走った。

再び爆発音がとどろく——さっきよりも距離があるのでこもった音だったが、規模ははるかに大きかった。爆発の衝撃で噴石丘全体が震動する。アビーは足がもつれ、倒れまいとして何とかバランスを保った。壁と天井に多数の亀裂が走る。その一部が剝(は)がれて岩と噴石が降り注ぎ、アビーは腕を上にかざして頭を守った。

ようやく終わりが見えてきた。トンネルの暗がりの先にある出口は太陽の光でまばゆく輝いている。アビーはそこを目指して走り続け、開けた空間に飛び出した。トンネルから出ると速度を落とす。息も絶え絶えで、心臓が口から飛び出しそうだ。

「立ち止まるな！」ぐったりとした祖父を抱えたままのタッカーが叫んだ。

そのすぐ後ろからランドンとケインも続く。

大地が不気味に揺れた。背後の噴石丘が震動し、ゆっくりと崩壊するのに合わせて、大量の石が雪崩(なだれ)のように滑り落ちてくる。アビーは森の中に逃げ込み、岩のダムに通じる濁流の跡を目指した。幹のねじれた木々の間から後方を振り返ると、巨大な黒い岩が噴石丘の斜面を転がり落ち、アーチ状の入口を押しつぶした。なおも落ちてくる土砂が開口部を覆い、ついにはそこにトンネルがあった痕跡(こんせき)は完全に消えてしまった。

アビーは幅のある溝までようやくたどり着き、根こそぎになった木々をよけながら歩き続けた。いちばん上まで達すると、後ろを振り返った。何百年もの間、この窪地を外の世界と遮断していた赤い岩の塊に寄りかかる。

相変わらず揺れ続ける大地が不安をあおる。

アビーはこの古代のカルデラの中心を通る断層のことを思い出した。

誰一人として、岩の下の隙間を無事に通り抜けられる気がしなかった。少なくとも、大地が揺れ続けている間は無理だ。しかも、衝撃で板状の巨岩がずれたらしく、隙間がさっきの半分の高さになっているからなおさらだった。

けれども、そんな危険を冒す必要はなさそうだった。

タッカーがアビーのもとにやってきた。祖父はランドンに任せていて、衛星電話での通話を終えたところだ。「救援がこちらに向かっている。二、三分のうちにドクターヘリが到着するはずだ」

「ありがとう」アビーは小声でつぶやいてから、ケインの方を見た。「あなたにも感謝しないと」

「さっきは君が俺たちの命を救ってくれた」タッカーが言った。「それで貸し借りはなしというところだな」

自分が本当にそれだけのことをしたのか、アビーには自信がなかった。

そう思いながら、窪地の中央に視線を戻す。そこには幅の広い裂け目ができていた。アビーが見ている目の前で、黒っぽい色の噴石丘の残骸がその亀裂にのみ込まれ、ゆっくりと落ちていき、見えなくなった。

アビーは安堵と悲しみの両方を覚えた。

ようやく黒い月は沈んだのだ。

15

四月二十六日　午後六時五十分

　四日後、タッカーは高い石のアーチの上に腰掛けていた。日没間近の時間で、ぶらぶらさせている両足の下は地上まで十五メートルほどある。ここデビルズブリッジはセドナの名所で、自然が作り出した石のアーチとしては世界でも最大規模だ。

〈しかも、近くにボルテックスはない〉

　隣にはケインが座っていた。しっぽをのんびりと左右に振り、うれしそうに舌を垂らしている。一人と一頭はトレイルの起点からの短いハイキングを満喫した。ケインはジャックウサギを追いかけ、オオミチバシリといい勝負の競走をした。トレイルは人気のあるルートだが、気温が低い日の遅い時間のため、この独特の地形を貸し切り状態にできた。

　それはタッカーの希望に合っていた。

　この数日間はあわただしく、騒音と喧騒（けんそう）の中で過ぎていった。もっとも、タッカーは砂漠のあちこちに死体を残したわけだから、それも仕方がない。クロウ司令官がいろいろと手を回してくれたおかげで、タッカーとケインは長く引き止められずにすんだ。また、アビゲイル・パイク、ジャクソン・キー、ドクター・ランドンという地元で尊敬されている三人が、進んでタッカーのために証言してくれたことも役に立った。タッカーはできるだけマスコミを避けたかったものの、それは蚊の大群から逃れようとするようなものだった。

だが、騒ぎはすでに収まりつつある。

彼らが見聞きしたことのほとんどは明かしていないのだからなおさらだ。

〈話をしたところで、誰も信じようとはしないだろうし〉

どこまでが真実でどこまでがボルテックスのエネルギーに刺激された夢なのかすらも、タッカーは判断しかねていた。四人は余計なことを言わず、不法採掘者と失われた財宝の話に限定することで意見の一致を見た。この地域一帯にはぴったりの隠れ蓑だ。

タッカーはジャクソン・キーを見舞うために病院を訪れた。老人の回復は順調なようで、それは毛深くてかいがいしい看護師が付き添っているおかげでもあった。クーパーはジャクソンとの再会に大喜びしていて、片時もベッドのそばから離れようとしなかった。

〈その忠誠心は俺にもよく理解できる〉

タッカーが手を伸ばして耳のあたりをかいてやると、ケインがしっぽを大きく一振りした。

セドナ大学では、老探鉱者が発見した巨大なファイアーアゲートの研究を、アビーとランドンで続ける計画が進んでいる。広大な主鉱脈から回収できたのは、結局あれだけだった。巨大な晶洞は爆発でばらばらになり、窪地の大部分とともに地中に埋もれてしまった。たとえ回収可能なかけらが残っているとしても、あの土地はヤバパイ族の聖地なので採掘は禁止されている。

その方がいいのかもしれない。

太陽が地平線に傾く中、タッカーはあそこで起きたことを思い返そうと試みた。多くの夢と同じように、あの日に目にしたことを思い出すのが時間の経過とともに難しくなってきている。

安全な場所までヘリコプターで運ばれた後、四人は各自の情報を共有した。タッカーも自分が経験したことを話した。ジャクソンは戦場と化した山頂の光景を目にしておらず、タッカーが制止を無視して何かに引き寄せられるかのようにアーチ状の入口へと向かっただけだと主張した。

タッカーはケインに視線を向けた。

〈だけど、おまえは何かを見たんだよな、そうだろ、相棒？〉

タッカーはその時の反応を思い返した。ケインも自分と同じくアベルに引き寄せられ、弟に呼びかけているように見えた。あれは絆の証だったのかもしれない。自分とケインの絆だけでなく、アベルも含めた全員の絆の。

タッカーは首を左右に振った。

ランドンはタッカーの経験に対して、異次元、量子もつれ、ひも理論など、様々な仮説を提示しようと試みた。アビーはより臨床的な角度からの意見として、ボルテックスが脳内の磁鉄鉱の粒子を刺激して、大脳基底核に深く埋もれた心的外傷を呼び覚ましたのではないかという自説を繰り返した。

タッカーの結論としては、気分がよくなったということだけだった。

心が軽くなったのだ。

今はそれらをすべて忘れ、ケインと一緒のこの瞬間を楽しむことにした。そうしていると、夕日のまわりにかさが出現した。タッカーは手のひらで遮りながら輝きを見つめた。かさの右端と左端に小さな太陽が現れ、真ん中の太陽の蜃気楼（しんきろう）のようにぼんやりと光っている。タッカーは過去にもこの気象現象を目撃したことがあった。珍しい現象だが、極めてまれというほどでもない。

それでも、タッカーはそれを何かの印として受け止めた。

二つの小さな明るい部分は「幻日」と呼ばれる。

この現象が出現するのはつかの間のことで、双子の太陽が大きな兄と一緒にいられるのはほんの少しの瞬間だけだ。明るく燃えるが、その時間は短い。太陽は常に輝いているものの、小柄な仲間と共有できる時間ははかないという運命にある。

タッカーは手を伸ばし、ケインを引き寄せた。

あの山頂に立っていたアベルの最後の姿を思い返す。

これからも彼らのことを大切にするつもりだ——すぐ隣で輝いていてくれる時間がどれだけ長かろうとも、あるいはどれだけ短かろうとも。タッカーはアベルが走り去る姿を思い浮かべた。

あれはいったい何を意味していたのだろうか？

タッカーは空に輝く幻日を見つめた。

答えは誰にもわからない。

もしかすると、どこかほかの場所に、ほかの時間に——答えが待っているのかもしれない。

冷たい星空の下の冷たい砂漠を走る。明るい月が照らす光で、砂と茂みが銀色の濃淡となって浮かび上がる。走り続けて八日になる。石造りの小屋、空洞になった丸太、深い溝など、身を隠せるところも利用してきた。

目的地はわかっている。けれども、距離がわからない。

心が導くところに従い、的確に目的地まで通じる糸をたどる。常に前へと進み続ける。氷のように冷たい流れで喉を潤し、動き続けるために必要ならば腐肉でも何でも食べる。左の前足には力が入らず役に立たないが、持ち上げた状態のままで進み続ける。

与えられた命令がある。決してあきらめたくない指示がある

夜が明けて朝の明るさが訪れると、テント群が見える。周囲には土嚢(どのう)のフェンスが積まれ、その上には有刺鉄線が張り巡らせてある。よろよろとそこに近づく。疲労困憊(こんぱい)で、あばら骨が浮き出ていて、痛めた前足はもはや持ち上げておくことができず、地面に引きずっている。

調理の火と焼ける肉のにおいがする。

声が聞こえる。陽気な声も、沈鬱(ちんうつ)な声も。

力を振り絞って土嚢までの残りの距離を踏破する。そのまわりを歩き、体を震わせながらゲートの前に立つ。まばゆい光に目がくらむ。ゲートがきしんで開く。駆け寄る足音が聞こえる。

ようやく座った姿勢になり、痛めていない方の足で体の前半分を支える。

手が体をさすり、吐息が体にかかり、うれしそうな声が響きわたる。

その時、体の奥深くで感じる。

糸が短くなっていく。

人の声がする。「本当にあいつなのか？」

目の前に現れた影が地面にひざまずく。

ほかにも何かが近づくのを感じる。くんくんと鳴き声をあげながら鼻先でつついてくる。

兄だとわかる。

けれども、全神経を、心のすべてを、目の前の相手に向ける。

期待を裏切らなかったことに対して、しっぽを振る。山頂で指示を与えられていた。〈もう一度、家に帰り着くまで走れ〉

鼻先が優しく持ち上げられるのを感じる。鼻先と鼻先が触れ合う。

「仲よしは誰だ？」

アベルはタッカーの鼻をなめる。

〈僕だよ〉

著者から読者へ：事実かフィクションか

これまでのシグマフォース・シリーズの小説と同じように、最後の数ページでこの中編小説のどれだけが事実に基づいていて、どれだけが私の想像力の産物なのかを議論したいと思う。最後までお付き合い願いたい。

セドナとソノラ砂漠

私はセドナで休暇を楽しむ機会があった。その時はこの町やその周辺の砂漠についての話を書く予定ではなかった。『ジェファーソンの密約』（シグマフォース・シリーズ⑥）でこの地域に触れていたので、改めて別の話を書こうとは考えていなかったのだ。ところが、タッカーと同じように、朝食を取っている時にカウンターでかつてバイカーだったという男性に出会った（「ワイルドフラワー・ブレッド・カンパニー」はお勧めの店なので、ぜひ食べてみるといい）。会話をするうちに、その男性はちょっと眉唾（まゆつば）ものの話を聞かせてくれた。初めてセドナを訪れた時には、この地域のボルテックスにまつわる「薬でハイになった連中のでたらめな話」（これは彼自身の言葉だ）はまったく信じていなかったという。それから数年後、男性はこの中編で紹介したことを経験し、信者になったそうだ。あまりにも熱く、説得力を持って語るので、私はその題材をもっと深く掘り下げなければいけないと思い、その結果として訪れることになったのがセドナに数多くある有名な――

ボルテックス

まずはここで、私自身はそうした効果を何一つとして体験できなかったことを認めておかなければならない。疑い深すぎたせいか、あるいは分析しようという気持ちが強すぎたせいか。心をちょうどいい状態に落ち着かせることができなかったのかもしれない。しかし、そうした地点が地球のエネルギーの収束点だとかたく信じる人たち――地元の住民や、アビーとランドンのような科学者から話を聞いた。彼らの説に耳を傾け、そのうちのいくつかを小説に採用させてもらった。彼らの経験についても大量のメモを取り、ボルテックスのエネルギーは特に人のマイナスの感情を増幅させると考えられるので、そこを訪れる時には気持ちをしっかりとコントロールしておかなければならないという警告をはじめ、そちらも本書に登場している。だから、もし興味をひかれたのならば、自ら現地に赴いてそうした場所を探ってみるといいだろう。少なくとも、楽しい物語が作れるはずだ。私のように。

時間結晶

本書では時間結晶という科学上の謎についても探った。驚くべきことに、そんな時間とつながりの強い水晶は実在する。実に魅力的なのは、時間結晶はもともとマサチューセッツ工科大学（ＭＩＴ）の物理学者でノーベル賞を受賞したフランク・ウィルチェックによって理論を提唱されただけの存在だったのが、やがてカリフォルニア大学バークレー校のノーマン・ヤオが考案したモデルに基づいて現実のものとなったという点だ。そしてＤＡＲＰＡも時間結晶の軍事応用について研究を進めている。だからもちろん、シグマ（つまりタッカーとケイン）が関わらないわけにはいかなかった。

アリゾナ州の謎の入口

本書に登場したアーチ状の入口は、私の空想の産物にすぎないと信じる読者もいるかもしれない。だが、そうではない。アリゾナ州南東部に位置するあるメサの上にはアーチ状の入口があり、その場所に関しては人が姿を消したり時間に影響を与えたりといった言い伝えが十九世紀から残っている。それについてもっと詳しく知りたい方には、ロン・クィン、メアリー・ビンガム、ロバート・ザッカーによる *Searching for Arizona's Buried Treasure*（特に「Doorway to the Gods」の章）をお勧めする。

軍用犬とハンドラー

タッカーとケインが初めて登場したのはシグマフォース・シリーズ⑦『ギルドの系譜』においてだったが、その時からこのコンビの旅はこれで終わりではないと思っていた。一人と一頭の冒険は『黙示録の種子』『チューリングの遺産』と続いた――彼らが巻き込まれるトラブルは、シグマへの復帰も含めて、まだいくつも用意してある。ところで、この最強コンビはどのようにして誕生したのか？　兵士と軍用犬という英雄的なコンビに初めて出会ったのは、二〇一〇年の冬にイラクとクウェートを回るユナイテッド・サービス・オーガニゼーション（USO：米軍兵士とその家族の福利厚生のために活動する非営利団体）のツアーに参加した時だった。そんなペアの能力を目の当たりにするとともに、そのユニークな絆を認識したことで、そうした関係を描写して敬意を表したいと思ったのだ。

その目的のため、私は米軍の陸軍獣医団の獣医と話をし、ハンドラーにインタビューを行ない、軍用犬と会い、そのようなペアが一つの戦闘チームへと成長していく姿を目にした。タッカーとケインについてのこの話を読み、どこまでが本当に可能なのかと思う人もいるだろう。犬とハンドラーは実際にそれだけのことができるのだろうか？　私はこれまでの小説のストーリー（本書のものを含む）をハンドラーたちにぶつけてみたところ、そうした行動が可能なばかりか、犬たちはもっとはるかに多くのことができるという答えが返ってきた。千の単語を理解し、連続した指示に従うというケインの能力はどうだろうか？　そんな驚くべき能力についても同じハンドラーたちに確認しただけですませるのは不十分で、インスピレーションのもとになったもう一つの例をあげておかなければならない。チェイサーという名前の勇敢なボーダーコリーは、千二十二もの単語を理解できることが検証された。悲しいことに、チェイサーは二〇一九年七月――私がこの物語を書き上げたのと同じ頃、十四歳でその生涯を閉じた。ありがとう、チェイサー、私がケインを生み出すのに力を貸してくれて。

軍用犬とハンドラーについてもっとよく知りたい人には、マリア・グッダヴェイジによる二冊の著作 *Soldier Dogs: The Untold Story of America's Canine Heroes*（邦訳『戦場に行く犬　アメリカの軍用犬とハンドラーの絆』（晶文社））と *Top Dog: The Story of Marine Hero Lucca* を強くお勧めしたい。

心的外傷後ストレス障害（ＰＴＳＤ）

本書で取り上げたもう一つのトピックは、ＰＴＳＤのある側面についての新たな理解である。「道徳的な傷」の名称で知られるもので、この中編小説ではアベルを失ったことに思い悩むタッカーが、その死と折り合いをつけようと苦しむ姿によってそれを表現している。アメリカ合衆国退役軍人省によると、道徳的な傷は羞恥心（しゅうち）、罪悪感、不安、怒りのほか、他人を遠ざける、自分の殻に閉じこもる、自傷行為を働く（自殺を含む）などの行動の変化として現れうるという。本書ではタッカーの中にそうした側面の一端を見てきたが、多くの退役軍人の場合も同じように、即効性のある治療方法は存在しない。患者たちにとってはかつての自分を取り戻すためのプロセスが今もなお続いており、www.nvf.orgはそのための素晴らしい情報を提供してくれる。

タッカーには以前の自分を取り戻すうえでの大きな進展があったものの、冒険を続ける彼と相棒のケインには、残念ながら新たに発見した心の平穏への試練が待っている。今は彼らを休ませ、回復に努めてもらい、英気を養わせてあげるとしよう――なぜなら、間もなくシグマは彼らのスキル、抜け目なさ、そして何よりもその引き裂くことのできない絆を必要とすることになるからだ。

謝辞

この作品集は私の作家としてのキャリアを網羅している。しかし、批評家および素晴らしい友人として、最初に目を通してくれた人たちのグループについて触れずにいることは、怠慢のそしりを免れないだろう。彼らは「ワープト・スペイサーズ」として知られる人たちだ。私がこの批評家グループに加わったのは、最初の作品が出版される四年前のことだった。それ以降、私の物語が様々な変化を遂げる中、日の目を見ることがないよう裏庭にこっそり埋められた代物から最新の小説に至るまで、彼らはずっと私を見捨てなかった。一部は入れ替わりがあったものの、今のメンバーは最初期から、あるいはより最近になってから、私の作品に手を貸してくれた。クリス・クロウ、リー・ギャレット、マット・ビショップ、デニー・グレイソン、マット・オール、レオナルド・リトル、ジュディ・プレイ、スティーヴ・プレイ、キャロライン・ウィリアムズ、サディ・ダヴェンポート、サリー・アン・バーンズ、リサ・ゴールドクール、エイミー・ロジャーズという面々だ。また、第一作目から本書に収録された中編小説まで、ずっと一緒にいてくれたデイヴィッド・シルヴィアンの名前を特にあげておかなければならない。もちろん、この業界のプロ集団で、誰にも負けないと私が断言できる素敵なチームの力なしでは、作品は形にならなかっただろう。いつも私を応援してくれるウィリアムズ・モロー社の皆さん、なかでもライエイト・ステーリック、ダニエル・バートレット、ケイトリン・ハリ、ジョシュ・マーウェル、リチャード・アクアン、アナ・マリア・アレッシーにも、感謝の気持ちを捧げたい。最後になったが、制作過程のすべてにおいて中心的な役割を果たしてくれた人たちの名前をあげておきたい。素晴らしい編集者のリサ・キューシュと、彼女の勤勉な同僚のミレヤ・チリボガ、仕事熱心なエージェントのラス・ガレンとダニー・バロール（およびお嬢さんのヘザー・バロール）である。そしていつものように、本書に記述した事実やデータに誤りがあった場合は、すべて私の責任であることをここに強調しておく。その数があまり多くないことを願いつつ。

訳者あとがき

ジェームズ・ロリンズの小説はこれまで、竹書房から「シグマフォース・シリーズ」十五作品と「シグマフォース外伝　タッカー&ケイン・シリーズ」二作品、マグノリアブックスから「血の福音書シリーズ」三作品、扶桑社からシリーズものではない六作品が刊行されている。いずれも文庫本で上下二冊の長編小説だが、実はそれ以外にもいくつかの短編作品が存在している。それらは複数の作家の作品を集めたアンソロジーに含まれていたり、シリーズの新作につながるストーリーとして当初は電子書籍版でのみ発売され、後にその作品がペーパーバックになる時に本編に収録されたり、といった異なる形で発表されてきた。

そんな短編作品を一つにまとめたのが *Unrestricted Access* で、「無制限のアクセス」を意味するタイトルの通り、読者がすべての作品にアクセスできるようにという意図から刊行されたものである。

本書『セドナの幻日』には、*Unrestricted Access*内の十二作品のうち、「シグマフォース・

シリーズ」の作品に物語の前日譚として収録されているもの、シリーズのガイドブックとなる『Σ　FILES』に収録されているもの、「血の福音書シリーズ」に含まれるものを除いた、四作品が収められている。それぞれの作品について簡単に説明しておきたい。

『アマゾンの悪魔』は二〇一四年に発売されたアンソロジー *FaceOff* 収録の作品で、小説家でロリンズの友人でもあるスティーヴ・ベリーとの共作によるものだ。シグマフォース・シリーズの主人公のグレイ・ピアースと、ベリーの作品の主人公のコットン・マローンが登場し、アマゾンの奥地での事件に巻き込まれた二人が協力して問題の解決に取り組む。その展開は本書の四作品のうちでシグマフォース・シリーズの世界に最も近い内容だろう。物語の中でグレイがコペンハーゲンにあるマローンの店を訪れたという記述があるが、これはシグマフォース・シリーズ二作目『ナチの亡霊』の冒頭でグレイがコペンハーゲンにいるので、その時のことを指していると思われる（ただし、その作品中でグレイとマローンが出会うシーンは描かれていない）。

『LAの魔除け』も同じくアンソロジー用に書かれたものだが、『アマゾンの悪魔』とは趣が異なり、若い読者を対象にしたファンタジー作品である。小説家になって間もない頃、ロリンズは「ジェームズ・ロリンズ」としてアクションものの作品を発表する一方、「ジェームズ・クレメンス」のペンネームで The Banned and the Banished シリーズ五作品（一九九八～二〇〇二）、The Godslayer シリーズ二作品（二〇〇五～二〇〇六）を書いていた。二〇一〇年のアンソロジー*Fear*収録の『LAの魔除け』は、すでにシグマフォース・シリーズで名声を確立していたロリンズが久し振りにファンタジーを手がけた作品で、十代の少女と少年を主人公に据えており、東洋の雰囲気も盛り込まれている。『ブルータスの戦場』は、二〇一〇年に発売されたアンソロジー*Warriors*に収録されたものだ。「戦士」を特集した作品集用にロリンズが選んだ主人公は闘犬。獣医の資格を持ち、自らも大型犬を飼育する作者ならではの選択と言えるだろう。闘犬という残酷な世界と、人間と犬の絆を扱った作品で、しかも全編が犬の視点から描かれている——読者の皆さんの中には「ああ、なるほど」と思われた方もいるかもしれない。この『ブルータスの戦場』が、戦争という残酷な世界と、ハンドラーと軍用犬の絆を扱い、一部が犬の視点から描かれている「タッカー&ケイン・シリーズ」のもとになったのは間違いないだろう。

表題作でもある最後の『セドナの幻日』は、そのタッカー・ウェイン大尉と相棒の軍用犬ケインが主役として登場する。ただし、ほかの三作品と違うのは、これがタッカー&ケイン・シリーズの最新作に当たる書き下ろしの作品で、しかも短編作品（short story）ではなく中編小説（novella）だという点である。日本人の間でもパワースポットとして有名なアメリカのアリゾナ州セドナを舞台に、タッカーとケインがある事件に巻き込まれた人たちを救出しようとする過程で、自分たちも不思議な現象を体験する。タッカー（およびケイン）がアフガニスタンでの経験からＰＴＳＤに悩まされていることは、タッカー&

ケイン・シリーズの二作品でも触れられているが、この作品ではそのことがこれまで以上に大きく扱われている。

なお、タッカーとケインのコンビは、日本で本書と同時に発売されるシグマフォース・シリーズ十六作目の最新作『ウイルスの暗躍』にも登場するが、時系列ではこの作品が『ウイルスの暗躍』よりも前に位置しているのは明らかで、なぜならケインが……それ以上はネタバレになってしまうのでやめておこう。

その『ウイルスの暗躍』では、グレイをはじめとするシグマフォースの隊員がタッカーやケインと協力して、アフリカのコンゴ民主共和国を舞台に謎のウイルスとの戦いに挑む。作者によると新型コロナウイルスが世界的に大流行する以前から着想を抱いていたということだが、現実の世界で感染症が流行している中、ウイルスを扱ったエンターテインメント小説を刊行していいものかと思い悩んだそうだ。二〇二二年四月にアメリカで発売されたばかりのこの作品では、感染症の脅威が描かれているのはもちろんだが、それ以上にウイルスの驚異の生態に焦点が当てられている。読者の皆さんにはいつものように、アクションとスピード感にあふれた展開を楽しんでいただけるはずである。

また、シリーズ十七作目となる作品に関する情報が届いた。今のところはアメリカでの発売予定が二〇二三年六月だということ、タイトルが *Tides of Fire* だということ、オーストラリア沿岸での地質学的な災厄とアボリジニの神話に関連があるということしか明らかになっていない。今後のさらなる情報の発表を待ちたいと思う。

この短編集と同じように過去の作品に光を当てるという意味での展開に触れておくと、ロリンズはジェイク・ランサムという少年を主人公にしたヤングアダルト向けの作品を十年以上前に二作発表している。こちらのシリーズはこれまで邦訳が出ていなかったが、このたびその第一作目が出版されることになった。ジェイクと姉のケイディが、マヤ人や古代ローマ人や恐竜が一緒に暮らす不思議な世界で冒険を繰り広げる*Jake Ransom and the Skull King's Shadow*（二〇〇九）で、『ジェイク・ランサムとどくろ王の影』として、この短編集およびシグマフォースの最新作と同じく、十二月に竹書房から発売になる。

さらに、ロリンズは新たなシリーズを、それも自らのルーツに立ち返り、ファンタジー作品のシリーズを立ち上げた。そのMoonFall Saga（ムーンフォール・サーガ）の第一作となる*Starless Crown*が、二〇二二年一月にアメリカで刊行された。自転が止まった惑星「アース（Urth）」が舞台で、そこは常に「天空の父（太陽）」に照らされる側の灼熱の世界と、永遠の暗闇に包まれる側の極寒の世界に二分されていて、人間はその二つの世界の隙間のわずかな土地でしか生活できない。そんな世界に迫る大きな危機「ムーンフォール（月の落下）」を阻止しようと立ち上がったのは寄せ集めの一団——不思議な能力を持つ少女、王位継承順位が二番目の「予備の」王子、おたずね者のこそ泥、かつて王を裏切った騎士。追われる身となった彼らは生き延びることができるのか？　ムーンフォールから世界を救えるのか？　壮大な物語の始まりとなる*Starless Crown*の邦訳（『星なき王冠』（仮題））は来年初夏に竹書房から刊行予定なので、もうしばらくお待ちいただきたい。

最後になったが、本書の出版に当たっては、竹書房の富田利一氏、オフィス宮崎の小西道子氏、校正では白石実都子氏と坂本安子氏に大変お世話になった。この場を借りてお礼を申し上げたい。

二〇二二年十月

桑田　健

セドナの幻日
Unrestricted Access

２０２２年１２月２２日　初版第一刷発行

著…………………………………… ジェームズ・ロリンズ
訳………………………………………………………桑田 健
編集協力……………………………… 株式会社オフィス宮崎
ブックデザイン…………………………橋元浩明（sowhat.Inc.）
本文組版…………………………………………………… ＩＤＲ

発行人…………………………………………………… 後藤明信
発行所……………………………………………… 株式会社竹書房
〒 102-0075　東京都千代田区三番町８－１
三番町東急ビル６Ｆ
email：info@takeshobo.co.jp
http://www.takeshobo.co.jp
印刷・製本……………………………………… 凸版印刷株式会社